Construction

NO.21

2016年春季号（总第二十一期）

Poetry
Construction

诗建设

作家出版社

张见：黑昼　240cm×120cm　绢本　2003

詩建設 Poetry Construction 2016 年春季号（总第 21 期）

目录contents

Poetry
Construction

诗建设

开卷 Decoil

◎ 萧开愚

萧开愚

1960年生于四川省中江县农村。现居北京。出版有《动物园的狂喜》、《学习之甜》、《萧开愚的诗》、《此时此地》、《联动的风景》和《内地研究》等诗文集。

萧开愚诗选（9首）

一、旧作选（8首）

死亡之诗

那是一片白色的沙滩。
公路在一公里外的山坡上
绕了过去。
沙滩上，阳光和鸟
分享一个少女。
这个美丽的少女的平静固定着罪恶，
她被罪恶分三部分分割。
我认识她，
一个偶然的机会，在电影院的台阶上
我知道了她的名字。
我想到过一些不可企及的欢乐。

山　坡

开满野花，浮现在这个夜晚的
黑色砂纸上，白色的，黄色的
摇晃在吹拂而来的雾岚里，

鲜艳透明的水彩吹拂而来，
鸟儿们带来了单调的晚会，
在风景画中演奏，呵，二胡声音沙哑，

这样的安魂曲会把她吵醒，
从野花的压迫下站起，站起，
走回被遗忘占领的空间，

修辞学换掉了几批嘴巴的客厅，
饥饿术换掉了几道菜谱的厨房，
道德课换掉了几打内裤的卧室，

她将重新携带宽容的沉默
来到这个葱翠然而仿佛在移动的
篱笆旁边，脸庞绽露痛苦的笑容？

山坡的地下潮湿是地球在出汗，
野花的根在骨腔里蠕动，这些蛆虫
爬行为了吃掉我依仗的最后的硬。

表面上是死者继续作出牺牲，
其实是生者再一次死去，
这就是美好的体制转换。

请你回到山坡冰冷的汗液
和松弛的没有知觉的自我控制中间，
反而可以作出判断而不仅仅是忍受。

呵 雾

山头呢？房屋呢？人呢？
请不要再哈气
请不要催眠今天

请不要驱赶，不要
请不要张嘴
请不要相信空气的浮力

辜负了头一次善意的渴望
辜负了伸出去的手
辜负了灿烂的面孔
辜负了迷人的腰
辜负了保密太久的晨光
辜负了静静焚烧的道德

我潮湿的身体已经到达中午
我低热的心思已经到达中年
我看着雾散进微弱的阳光
我穿行于塑像的丛林
我打开铅字几乎逃光的书
我劝慰小小的梦想

吃垃圾的人

炎热难当我快步走上大街
又走进一条小巷，
一股风迎面吹来，在拐角处，
在拐角处他弯身在风中

专心吃着垃圾。
他黏成一团的长发垂入蓝色垃圾桶，
他的舌头灵巧地
在一个瓶盖上卷动。

他全身赤裸，
污垢给他罩上黑底暗花的长袍，
从头到脚，
从开始到结束我想起他来了。

1968年冬，一个夜晚
越过漆黑的南部丘陵
来到我家。他说：
"我走不动了。"

呵，他是一个疲惫的战士！
在刚刚结束的战斗中，
攻上太阳山低矮的山头，
在山顶临时广播站热烈地朗诵。

为什么连夜逃走？
为什么不在狂欢的营地狂饮？
为什么步行比鸟飞还快？
为什么睡得如此安详？

他把死亡幸福地
描绘在他的身上，
他来自外省，
也许，来自另外的世界；

舌头从苍白的嘴唇线
微微吐出，一个消息
要转告我们但他没有，
他的尸体突然

平放在地板上，颧骨高耸。
漆黑的夜晚他葬入
黑暗的大地。
记忆黑暗的洞窟。

他叫什么名字？
名字（和别的）于他有什么用！
垃圾从桶里伸出头颅
花花绿绿供他享用。

他从垃圾中间抬起头，
看见我，随即
又把头埋下，
舔一个罐头筒的裂缝。

他是个天使？天使
来到了现实中？而我
告别了垃圾和吃垃圾的人
走啦，走进小巷深处。

1991.7.22

艾伦·金斯堡来信

亲爱的，我跟你们国家的命运
——牡丹花——在一起。
我身边躺着一个人，这么软弱，可是这么有力。
他在我的眼睛里找到了几十幅《图兰多特》中
需要的布景画。
他打量着，并试图留住这些图画：它们像喉咙里的沉默
瞳孔里的黑夜，和耳朵里的政府，飘渺而缓慢。
啊，他的手臂舌！他的英语
带着方块字的棱角
有如一根山鸡的金黄羽毛。
他低低向我耳中灌气，
我像一只发抖的就要爆炸的气球。
他讲了一串古怪的汉语，而我感到我坐在汉语的肥皂上
滑行在污垢生活的泡沫中。
而我咀嚼这中国人吐出的菜渣。
在西安，李世民的首都，我参观过
那些小小的山丘，时间的呕吐物，
在八月的阳光下闪着阴冷的光亮。
我不明白历史家为什么给我们注射致幻剂，

而筑墓的工人就像时间，惊讶于皇后（或是女皇）的美丽
并用坟墓抓住她。
我拒绝可卡因的幻觉，我现在抓住了一头黑发的
中国人，他还说着我不懂得的汉语
百叶窗析进室内的光线
有着玫瑰的调侃的紫红色
他的面庞像是一截生嫩的萝卜，
Allen，他说，听起来像我说走调的汉语：爱情。
走调带给我们多少欢乐！加里·斯奈德，我的哥们
登上王之涣架设的楼梯，看见光在平原
绿色在山坡流淌，就像血液在北外礼堂凝固，溪水
从他嘴里溅出。
新美学的幼苗昂扬着湿漉漉的头颅。
啊，从旧金山的广场我逃离了混乱迷信的
        核弹头：大麻和妓女的小腹。汽车在公路上
        就像音符在线谱上。我跳着醉步逃离了
        图书馆，我逃离
我听见布莱克的老虎咆哮，从云层，从海水，
从中国的上空。
我给长江写诗，它奇特的转折宽阔
（巨大的奇妙）像一位早期书法家
困倦时的恶作剧。
我在甲板上眺望两岸的山峰，李白的山峰，
光秃秃的山上有狮子和猿猴。
李白！诗！神奇！
李白，给我一个节奏！一个韵！一排波浪！
我是一个泪汪汪的爆破手？一个歌星？一个布道者？
一个被战争遗弃的迷糊的自我主义者？
你们的社会在跃进，跃进。
英雄钢笔，红旗拖拉机。
炼钢炉的火焰书写报纸的标题，
新的丑楼推倒旧的丑楼，
亲爱的，我是左派吗？
我是同性恋者。我的听众已体面地把我忘记。

我的灵魂里没有光。我的感情里没有和弦。

我的腿间没有速度。

1968年，我愿意是亨利•米肖，一个高级将领

1968年，我愿意在天安门城楼上朗诵诗

我从东方回到美国

出版了《行星消息：1961—1967》

年过四十，不想去伍德斯托克，我是红耶稣，我死了。

我在南加利福尼亚旅行，全部地投入生活。

我1950年就把自己发射出去了，我在所有的轨道上

而你们的道德观使世界为之腿软。

你们的饥饿使我们害羞。

你们的婚姻使我们淫荡。

我，"我"，就是精神麻醉品。

我怀疑我去过东方。我怀疑我曾经吃素。

我离开了高速公路。

因为我厌恶我的声音，

    我为抛弃它直至嗓子嘶哑。

    我爱寺庙里讲经的声音。克制而虚无。

我愿意回到中国，在江西北部

一个河畔村安家，买两亩地，

酿一窖酒。

噢，克鲁亚克早死。

亲爱的，这封信到此为止。

他让我燃烧起来，六十几的老人

是一堆干柴。

来吧，欢迎你！我乐意与你交换国家，

交换年龄和一切。

他不愿意。他不知道汉语如何表达

我不在时的chagrin。两年来他忘记了母语，忘光了。

我又将错过一次机会，纯粹地坐着。

我的母亲就是白热化地坐着

死去的。留给我一把钥匙。

我将开启

通向我……的小门。

了不起的他，啊，蠕动的皮肤，一块真实的三明治
（让我亲吻你，中国的大地！）
来信！
你忠实的Allen Ginsberg

1990.1.2中江

下　雨
——纪念克鲁泡特金

这是五月，雨丝间夹雷声，
我从楼廊低看苏州河，
码头工人慢吞吞地卸煤，
而炭黑的河水疾流着。

一艘空船猛响汽笛，
像虚弱的产妇晃了几下，
驶进几棵洋槐的浓荫里；
雨下着，雷声响着。

另一艘运煤船靠拢码头，
"接住，"船员扔船缆上岸，
接着又喊："上来！"
随后他跳进船舱，大概抽烟吧。

轻微的雷声消失后，
闪出一道灰白的闪电，
这时，我希望能够用巴枯宁的手
加入他们去搬运湿漉漉的煤炭。

倒不是因为闪电昏暗的光线改变了
雨中男子汉的脸膛，
他们可以将灌满了他们的全身的烧酒
赠给我。

但是雨下大后一会
停住了，他们好像没有察觉。
我昔日冒死旅行就是为了今天吗？
从雨雾捕获勇气。

天 鹅
——回赠臧棣

友人，你再看一眼，
它是修平根水宫的，但又不是。
很久前，它从
晨光脱颖，掀起恬然大波，
我未诧异，恍忽老友新访。
有次，它穿落霞的婚裙，病态极了，
挥别过于丢失。
后来的江南和欧陆，
招揽或谢绝的地点，
甚或海面、云端，
突来的水的轻漾间，
它都是安稳的例外。
柴氏叶氏没错，
奉载之绿是真实的，
走红飞白是道德的，
加起来就是美学的。
我很少看它，
很少想要看它。
它不是水面闲逛的大理石，
不是香火单传的默哀。
我见过，它醒着一只，睡着两只；
高颈狐疑，霎时是象手。

2003.8.4于柏林

一次抵制

当几个车站扮演了几个省份，
大地好像寂寞的果皮，某种酝酿，
你经过更好的冒充，一些忍耐，
迎接的仅仅是英俊的假设。

经过提速，我来得早了，
还是不够匹配你的依然先进，依然突兀，
甚至决断，反而纵容了我的加倍的迟钝。

这果核般的地点也是从车窗扔下，
像草率、误解、易于忽略的装置，
不够酸楚，但可以期待。
因为必须的未来是公式挥泪。

我知道，一切意外都源于各就各位，
任何周密，任何疏漏，都是匠心越轨，
不过，操纵不如窥视，局部依靠阻止。

2005.11.18，车过山东的时候

二、近作选（1首）

《后忧斯远辞》第八首

八

贫得不能出门，乞几升米，
月初中外邪，昏睡五六日，
月前星宿失位，不知兆示什么。
详告：所服何药，服了几剂了，

近日症状和反应是否好转？
当此凋敝，避避眼下怨忿，
无穷的忠告箍在口中烂灭，
辗转俯就，不谋就不谋吧，
我们衰颜暌隔，谊情徒然加剧。
我打发冗时的杂技多得很，
我挂念送去雁门的信，说不定，
儿子和劣塞卡于雪泥无法动。

如同允水三见三伏，说不清它
是吞是吐，死亡不像雪崩观瞻
而短促，不像半夏可以法制。
哎哟，这芬芳发挥了几十年了，
不像陈茶积垢加厉神经，我钟爱苦涩，
仿佛缥缈幽晦藏着极高与极深。
我藏进你的肝，成为你的肿块，
你纤白的胆量过滤乌黑的问题。
我支持碎片，犹疑而肯定将你
穿戴和埋入，坡坎起来一峰青。
山体二十岁的嗓音入夜滴溜：
"我在你的胁下，有求必应。"

拖带但是落后寡母和眉儿，踽行至太行
峦峡的残栈的终点，霜红包裹崖嶂，
我两腿凝重而颈上云蒸，动物的苦恼
给天色揭破而又闷住，我领教着
爱的刑法，挠挠更加浑浑，
砍削过的门槛这么矮这么实在，
齿剥你唯独盘活的我的心。
果真你在，任我厚脸混球，
拳击凸包和窟窿，你会包扎
逗你的鳞伤。你烂熟底朝天，
脓爪紧握鬼船的锚，没完没了，
没有没完没了的赠答，骄堕地

睡过两个年代就像惹祸的手帕，
有人要见我不见太自重了。
没有中的那个没有是我的
清早的内疚，比仁君还恐怖，
啊，客字了得，为了你，为了
仅此一次的契合，客观但是
未竟，把我朝向已知囹圄。

思甚以至想甚，乌涂而自得
以至如斯可怜，老夫之眼痴，
两个朝代轮番累人，找遍所有地方，
仍然寻找不到那个幽暗的位置。
我去过峨嵋和滇池，夜住琴台
和笮支，莽撞的青年和我练拳，
没有盘缠，我随手画了一通招式，
眼存错讹的老头跟我辩古，我听不懂
那些个方言，有的是时间，熬夜
考订牛骑猪的传奇，所想就是所害，
二十年不用牙齿一晃而过，
所谓岁月轻淡容纳所谓呻吟。

吟叹就像做梦咋个管控，口味胶柱
鼓瑟来历似的，重复迫使骂娘，
我团团转，依靠脑瘫碰准十字，
踏踏实实依附著名的龟儿子。
抢救老师爽快，代笔出鸟名，
倒像坏蛋斤斤计较正义，镇恶干吗，
拖沓愚忠坏透死透的朝廷
并不沉溺饥饿——蜕脱气虚，
或者贫则怨人，贱则怨时，并以
自怨垫底，人家玩亡国恨，
我扮演女孩子发泄一小会。

变性好呀，村口立刻透光，迎迓人来

如同梦见人往就落魄就醒来，
忤逆的解码逆袭入扣的解脱，
可惜少了兄弟间赘语的津润。
梦里穿新衣接待，我们的言谈，
我们绕开项目的交往，我揣摩到
组装的身姿洋溢卷喉的腊味。
我们的眼睛贮存它羞见的图片，
绝不发生的比几乎发生的解恨，
谢彬造像，亭林跑路，今天的堰滩
导引旧日的流水，偏不信某人
同时在百十个现场速记，得穿越
到他的年份，目瞪百十个沆瀣。
孙悟空的毫毛据说管用，
肥肠里的阴私豢养打假英雄，
随你，你的病历是你的正经，
我的近视无偿转让给你。

报答挑衅，我按捺穴位，
玛窦调整眼镜片的度数，
你突发慈悲，按我的估摸发病，
出一桶汗，还我一个扁平的
肚皮，毒药收拾毒水。
四面墙壁兀立三十座山峰，
美人无从鲜艳，白酒丢失酒精，
我专攻失眠，怪春寒不至被窝不暖，
填塞十粒致幻丸回防桃花，
半山的钟响碾过地面的砒霜，
震颤床沿，两代人额如须眉
我不喜欢但是实现了白色。

跪地割让拆卸自己还是全真？
呸，儒家不济事，又来凭吊我，
都门未曾翻修，换了一块匾额，
巍峨而把持，瞄准零散的便意。

白马非马，中国人顺便是人，
你们抗拒拆分，却忙于抄底，
把袜子摁在鞋底踩得皱巴巴，
离而非离者独而已矣，
焦距来自榫头注铁的组织，
相互充当万恶必死的原因。
你们抬举我如同庄子否定公孙龙，
烧琴焚纸吧，我适合崎岖，
作客莫怕吃醉，旧碗里的盐和素果
醮混了提神，讨饭不需要气节。

老母鼠皮般微缩在我的膝头犯困，
我想打些条石，在空中砌一座阶级，
不行，我只会饶舌，捶她的腰，
她把她老公的手记成她父亲的手
用那么细的树枝抽那么粗的石头。
阳曲、太原和乡下流行不了病，
入室慨而慷，出户一撮灰，
体态被荆棘支撑和撑破，
我吸过雨后虹，治疗简陋的妇科，
有些丑闻，有些牵强的失败的案例，
妄想的天人一变近似身体的暴乱。
泡沫的口水不得不流，彼自然也，
杯盘这么苍白，我不如猪狗，
敢说酒肉养痈疽之类鬼话。

我羡慕你，腐殖和地气恣欲悦色，
不像转化的苟且形状，不像奴儒
毕恭毕敬，从祭酒和祀品盗窃乌有名，
你死的时候难看极了，我没看，
两两痛恨，哪来最低自尊。
我花了太多工夫藐视我妒憎的权威，
骂人亏本，我们家破人亡，
你死了，化作一捧婀娜的尘埃，

你活时，瞧着我忽然间不真实，
渔人多么快活，困望网络星空般的网眼，
我收集渣滓，选中滑闪的碎萤子。

药草眷恋理由，我演习病征，
头皮歇着孤鹄，趾缝抓着寒蝉，
眼眶里敞开花花绿绿的村店。
哎呀，我支起下巴，自觉冷酷，
夜雨晨前骤停，蓬藁仍旧抽风，
劳力想象又一场洪水登天，
仅仅是楼板和地板不见了，
墙壁与床榻完整地垂悬。
行李漂浮在西边厢房，无一缺损，
我不去北沟边，我不能去，
我的下意识失落在那儿，
那噙向芦芽的白天的昏暗。
你只顾拉绳，你发紫的乳房
裹挟着消磨着季节的清寒，
超高峰值的心气受压附身的串联。

我念叨我三年一次探访我们的破庵，
我乐意中计，敌人和小人转正搬迁，
他们的圈套中有我的几个目标
点缀落碧和瓦片，给我一盏灯火呀，
他们布置的墟垒像知识这么讹诈，
我的剑尖上下刺字，黑夜渗黑血，
把我拉稀，灾区腌制的货色果然
体制地驱赶，使我熟悉田下的煤炭。
佯装自知，纯粹挖掘，还挖，
期待同样的漆黑代替我们，
你说你换成不止的笑脸对我好些，
幽户和远寺到时冒火，我当邀宠。
既不玷污毁灭之缔造的英名，
被入主之前蛮荒匀称地瓜分，

哪有空洞啊，要么块块和带带，
答应自己的叫卖，要么顺手接受。
儿子乖巧省油，偷懒无须巧劲，
丢下我就像我的前辈，话也没
多说几句，聋瞎人的禁地，
舞象之暴躁续尾教士之呆痴。

拘泥这或那，刨平老木的节疤，
晾晒有所储备，嚼雪牵惹的往事
与亡羊的禁令穿插在戏墨里，
枝蔓放射的条形推进然而耗尽。
我担过事，我否认了，他们一窝蜂
只晓得牺牲，我忍辱我混蛋，
高一志复入南京又来绛州，韩霖和他
玩得过分，倒是学到驯兽的本领。
接受而不受苦，我错了吗，不该
避免悲哀，陆沉的中原速配的
漏网的邂逅与弯钩钓鱼一样
摒弃意外，元代的戏台清代用，
衣冠随日月规律地轮空，我们瞎说，
排排坐，逐一抹黑漏掉的不多。

那时卵弹高调，我在洞中等死，
晋祠水雾沉沉，浮云直击雕虫，
痛点如沙子合成告别的脚步，
我们识破我们的谎言，我们的筋疲
捆住我们的死理，民兵顾盼而尽去。
啊，永世雀斑的婆娘，我坚持冰坨，
坐着走完一万公里确定天空
是无底谜，南风北伐无心情，
化水如同经济下行悄悄地解释。
我练习亏损，没高远到大的框框，
像碗拉面，我们越狱为霹雳道歉，
而怀抱着沟渠和断碑的嗔烈
不再颠倒驴蹄，晃着屁股抽泣。

河床改道山背后，艺名多出一个，
贵人啊，你的白发看不得，
打还我给齐腰的草沼的芜秽，
哪晓得青春的提拔过犹不及。
前朝大佬爬上楼台，手把阑干
析下佝偻的背影，荒旷里奔涌
僵硬的边际，在诈尸的场所
缭绕缠绵的哭声，傅道人疑心
河北可喜，贼穴中有吾宗使君。
歪歪扭扭的痛的盲文，总算摸到邻村，
不得不说，青眼和臭屁调节了山水，
阿胶与参类涨价羞辱谁，杏仁缺货，
我们相视而笑我们果腹无能。
排斥恶补和峻攻绝非反对物质主义，
身价高生高价病却是事实，
你知道，普通和廉价是我的原则，
我们粗俗，收藏真真假假的委屈，
谁帮谁，平民的经脉一点就通，
温吞而逍遥，除了孩子他一概不要。

山围的腐叶联络我们，太行塌方
解散我的蛮劲，取得苍茫中那只酒壶
我的隐痛挪近明处一公分，二十余年，
拮据的收缩的空间，影响的影响回旋。
我们共同的洞，我计穷了，将就它，
任其歪曲我琐碎的添加，奋勉和心泪，
渐起的灰色的折线包扎地延长，庙堂
橱窗里，凝止狰狞的流淌，反反复复
变位突出，平静于不平等。
秋气平均沾染裂石，土墙抬高
稀客的期望，推门手挽手，自废之前
他们讲聪明话，找我就像送葬。
我的骨头肮脏烦腻，年年不洗澡，
哪有垮台之清爽，你们吃力瞎嚷嚷，

白花花的这个那个换几笔东拉西扯，
我抖抖索索哪有夸的那么灵光。

暮霭嘈杂，我激赏着我的害怕，
妓馆陷在村外，验证一与二二之绝交，
街泥与零星的豌豆原地滚翻。
我的眼珠弹你，失去起床的杂念
庸俗到家，这伙幽人强拉我
鉴定腐闲的冷香，我迁就着你
无形或遂意的形式的机械的奴役，
决不服从来路对壮志的吆喝。
治疗又如何，政治地雄起起，
搏斗一番又如何，一妻就像一夫
忍受思念的折磨，啊，抗战
和反战和夜袭，彩排无人的驱逐。
但言刚猛，从未传达本末，
你养育的石头比你扔出时还要软弱，
奶酪中出没的龙华寺时不时
回应你的怀孕，我的部分归你，
你的部分细分，无所不知，
我提来一袋支离的玩意，供你朵颐。

2015.2.8于上海

注：这一首，拟傅山晚年与其亡妻漫谈。

身体地理学与 "间歇" 的诗意

——关于萧开愚90年代的诗歌写作

贾 鉴

80 年代末,萧开愚在一文中谈到 "中年写作",此后,这成为塑造 "90 年代诗歌" 话语的一个核心语汇。据萧开愚后来的解释,他当初只是借此说明 "经验" 在写作中的意义: "中年的提法既说明经验的价值,又说明突破经验的紧迫性。" 这一观念也反映在他当时的长诗写作中: "1989 年,我回到在写作中去发现自己在现实生活中的经验的道路上",其中就包括他 "个人心目中的史诗"《公社》。① 从 80 年代末到整个 90 年代, "经验" 都是非常重要的诗学概念。比如,王家新 90 年代初说:里尔克 "促使我由抒情的表现转向经验的开掘和感悟"。几年后他阐述自己的长诗《回答》时也说: "'史诗'(这里当然指的不是它在历史中的典范,而是指具有史诗性质的作品)乃产生于'回忆',史诗的主角乃是一种沉淀的经验、一种漫长的个人经历和集体经历即'历史'而非诗人自己。" ② 这其中有两点值得注意,首先,对 "经验" 内容强调的同时也包含着诗歌如何处理 "经验" 的技术意识。在萧开愚这里具体表现为对 "叙事的条件" 的自觉:叙事不仅关涉 "陈述句" 的表达问题,更关涉诗歌 "综合的写作才能"(他特别讲到诗歌的 "戏剧性")。③ 其次, "经验" 最终指向个人生命与历史主题的关联,由此, "史诗" 接通了中国古代的 "诗史" 传统。④ 这是对 80 年代文化史诗观念的一次重大扭转,并使其最终

---

① 萧开愚《90 年代诗歌:抱负、特征和资料》,见陈超编《最新先锋诗论选》,石家庄:河北教育出版社,2003 年,第338页;《个人写作:但是在个人与世界之间——萧开愚访谈录》,见西渡,王家新编《访问中国诗歌》,汕头大学出版社,2009 年,第126页。

② 王家新《冯至与我们这一代人》,载《读书》1993年第6期;《从一首诗的写作开始》,见王家新《没有英雄的诗》,北京:中国社会科学出版社,2002年,第21页。另参见王家新《阐释之外:当代诗学的一种话语分析》,收入《没有英雄的诗》。

③ 萧开愚《90 年代诗歌:抱负、特征和资料》,见《最新先锋诗论选》,第338页。

④ 参见张晖《中国 "诗史" 传统》,北京:生活·读书·新知三联书店,2012年。

区别于里尔克的"经验"和"回忆"概念。（里尔克说：诗不是情感，"诗是经验"。其中"经验"既指回忆也指对回忆的忘记，这也是他后来所说的那种"持续的转化"："把可见之物变为不可见之物，后者不再依附于可见与可即的此在，一如我们自己的命运在我们心中不断变得既更实在又不可见"。90年代，臧棣曾对里尔克诗学有过准确阐述——尽管他的用语是"体验"而非"经验"。臧棣本人论诗也提到过"经验"，但用法更近于艾略特。后者的"经验"内涵偏重于"感情"和"感觉"，且强调"经验"转化为诗的途径和效果：诗是许多经验"集中后所发生的新东西"，"这些经验不是'回忆出来的'，他们最终不过是结合在某种境界中"。[①] ）

《公社》对事物和历史的观察分析更倚重个人的传记性经验，到90年代中后期的《向杜甫致敬》，诗歌中的经验展开在更加广阔的现实和历史视域内，视角选择变得从容、多元，思辨也呈现出更加自由丰沛的能量。《公社》的某些写作特征比如围绕"身体"展开的诗歌想象力，在此时也几乎发展为一种"诗歌修辞动力学"（这是萧开愚对古典诗歌中的"色情"功能的论断，此处借来论述萧开愚诗中的身体问题）。[②] 在《向杜甫致敬》第七首中，"我"和"你"在苏州河边看着混杂的景物，听到年轻人在小酒店热烈谈论着过时的美国故事：

> 我听不清，孩子的声音谁
> 听得清呢！60年代制造的运粪船
> 　突突驶来，我的阴囊重重地
> 　挨了一脚：我知道你的后脑勺
> 热衷于挨拳头，你的肩颈和柔软
> 　霉湿的思想肯定地偏向左边，
> 　你信仰你的苏州河。它接纳
> 革命政策的大小便，本地老年机器的
> 　勉强的分泌物。污秽它的清澈的
> 　人面兽的贪欲单独为此负责。
> 就像我们的肠子，为百事可乐的

---

① 里尔克《布里格随笔》，见里尔克《给青年诗人的信》，上海译文出版社，2005年，第93—94页；《穆佐书简》，北京：华夏出版社，2012年，第216页。艾略特《传统与个人才能》，见《传统与个人才能（艾略特文集·论文）》，上海译文出版社，2012年，第10页。臧棣《汉语中的里尔克》，收入臧棣编《里尔克诗选》，北京：中国文学出版社，1996年；《后朦胧诗：作为一种写作的诗歌》，收入《最新先锋诗论选》。
② 萧开愚《〈被克服的意外〉选章》，见《此时此地：萧开愚自选集》，开封：河南大学出版社，2008年，第457页。

褐色苏打而排气，为年夜饭
而绞痛，电视节目为我们的舌头，
为腐败的味觉单独负责。多么好，
苏州河的蛇毒的舌尖舔着
我的鼻孔，舔吧！①

在萧开愚90年代初的《下雨》一诗中，"苏州河"还只是楼廊外的一小片历史风景（"这是五月，雨丝间夹着雷声，/我从楼廊俯望苏州河"）；②而此处它已被隐喻为一个巨大而残破的躯体，盛放着本地的（也许还有美国的——如果孩子们谈论的是美国60年代的故事！）革命残余物。尼采说"只有不断引起疼痛的东西，才能留在记忆中"，③某些空间的存在也属于城市之痛，顽固地提示着一些正被努力抹去的历史痕迹，它们是勒菲弗所说的城市空间中对城市本身构成"否定"和"揭发"的"隔离"性因素。④某种意义上说，诗歌也是人类心灵中的这样一处空间，它承载着如萧开愚所说的某种特殊的"历史作家"的记述功能："我像历史作家一样拘谨地处理材料，可是我的文字之间隐隐可见的，是历史作家要嘲笑的那种怪异的龟纹。……我们没有神学。但是我们有类似神学的历史。无神论者的历史无法不是复杂的和鬼魅的。"⑤"怪异的龟纹"是历史秘传智慧的象征，是对纪念碑化的历史——它将历史凝结在"风景化"的彼岸——的瓦解。在其怪诞而野蛮的"兽"的形象中，也许预示着一种恢复人性的激烈力量，但也蕴藏着无法回避的困境——既指向消化历史的那种野蛮力量（或者，历史的自我吞噬的力量），也指向自我在历史交界处的恍惚。

权力"规训"身体的同时也为身体留下某些反"规训"的机会，就如"年夜饭"引起的"绞痛"无法覆盖记忆中"阴囊重重地挨了一脚"之痛。身体上的驯化标记未必那么简洁明了，倒是经常呈现出暧昧的面貌，当身体处于"色情"氛围时尤其如此。比如《向杜甫致敬》中的句子："她的短裙迫使楼层的高度/低于美腿，她的睫毛/打开了备用的电力系统，/她的舌头弹

---

①本文所引萧开愚诗歌，版本出自萧开愚诗集《动物园的狂喜》，北京：改革出版社，1997年；《学习之甜》，北京：中国工人出版社，2000年；《萧开愚的诗》，北京：人民文学出版社，2004年。许多诗在收入《此时此地：萧开愚自选集》时有较大改动。
②对《下雨》的分析，参见姜涛《巴枯宁的手》，收入姜涛《巴枯宁的手》，北京大学出版社，2010年。
③尼采《论道德的谱系·善恶之彼岸》，桂林：漓江出版社，2000年，第40页。
④亨利·勒菲弗《空间与政治》，上海人民出版社，2008年，第70页。
⑤萧开愚《个人写作：但是在个人与世界之间——萧开愚访谈录》，见《访问中国诗歌》，第129页。

射轻巧的炸弹/征服高耸的玻璃帝国"；"如果我需要她开口她就会说，/'新牌子的啤酒爽口呢！'/如果我需要她坐下她就会说，/'今天申花输给了大连。/今天晚上……'"色情是语言的施为也是语言的退化，它以语言的增多表达了语言禁忌的深广。色情不把握对象，而是对象的悬空，是只将关系维系在想象和表达的瞬间。在色情中，禁锢与自由、激情与空虚、生产与耗损奇妙地扭结在一起，这本身就是当代社会的"人间喜剧"：它不是禁欲的，也不是纵欲的（因此它甚至够不上"恶"的激情），它是时代精神的"半裸体的奇异性"（巴塔耶），是"一切都在寻求交换，希望相互逆转，并在某个循环中自我废除"（波德里亚）的饥渴症反映。①

"身体"在当代思想讨论中的意义，不在于它是祛魅工具，恰恰在于它是复魅的新领地。欧阳江河早在《1989年后国内诗歌写作：本土气质、中年特征与知识分子身份》中就已注意到了当时诗歌中的色情主题。他分析了90年代政治话语和经济（金融）消长模式中的"色情"癖性，也揭示了色情话语作为"一种由来已久的倦怠，一种严重的受挫感"的历史转折期的含混氛围。② 欧阳江河的判断已经表现出某种历史视野，如果放在整个"当代文学史"背景中，有关"身体"叙述的变迁将显现出更丰富的历史意味。蔡翔先生曾说："在一种并不是最为严格的意义上，恰恰是在这一'本能'或者'欲望'的问题上，20世纪80年代开始了它对这一总体性理论想象［五六十年代意识形态确立的"更高的原则"］的突破，甚至不惜夸大'情欲'在人的历史进程中的作用。也正是在这一突破的过程中，个体被重新解放出来。当然，它也为这一解放付出了另外的代价。"③ 简单地说（冒着简化历史复杂性的风险），50—70年代诗歌的空间想象通常遵循"以圆规改造地图"的乌托邦主义，④ 80年代文化史诗中的身体神学是对上个时代革命话语的突破，但支撑它的"框架"依然来自上个时代的文化想象，个体解放也是聚集

---

① 乔治·巴塔耶《色情史》，北京：商务印书馆，2004年，第151页。波德里亚《论诱惑》，南京大学出版社，2011年，第72页。

② 欧阳江河《1989年后国内诗歌写作：本土气质、中年特征与知识分子身份》，见《站在虚构这边》，北京：生活·读书·新知三联书店，2001年，第76—77页。

③ 蔡翔《革命/叙述：中国社会主义文学—文化想象（1949—1966）》，北京大学出版社，2010年，第166页。另参见波德里亚的论述：色情的失度是"新阶级"的"庆祝的符号"，也是"徘徊在没落社会中的死亡符号的幽灵"；"阶级或社会的解体总是通过其成员个体的溃散以及（包括）通过某种把性欲当做个体动力和社会野心的传染病的真正蔓延来完成的"。波德里亚《消费社会》，南京大学出版社，2001年，第160页。

④ "像蚂蚁一般，一砖一瓦地、一代一代地、不易察觉地建设街区和街道的做法，将被按照地图和使用圆规的大规模的城乡建设所代替。"托洛茨基《文学与革命》，北京：外国文学出版社，1992年，第233页。

的革命能量的最后一次大规模爆发。90年代，以肉体痛苦、器官和污秽物形象出现的物化和自我贬损的身体地理学取代了身体神学。身体碎片上闪动着已然消逝的总体性精神的记忆，在萧开愚这里，它也是作为诗歌写作之起源力量的"生命的饥饿状态"对于谵妄的历史时刻的隐喻。①《向杜甫致敬》结尾处出现了"旋转的虚无的空间"，"飞碟"把人带入"强光的地方"：

> 也许就是机器里的房间，一种靠近真理的感觉
> 迷糊了已经动摇的信心，
> 光晕和光斑，蝴蝶纷纷，
> 马上让我相信外星人的坏主意，
> 在键盘上眺望他们的星球。
> 和我们的灵魂的天堂。
> 在我的房间里进行我的星际旅行。
> 在我们的地狱，我们的银行，
> 抓住上帝之手是可能的。
> 而在夜总会，在我走神的当儿
> 一位小仙女会在面前出现
> 把我带回我的房间。

《向杜甫致敬》中，"身体"作为"诗歌修辞动力学"分别衍生出不同主题或论题类型，它们在几个故事板块分别形成向心力，众多事物、细节和议论围绕这些中心运转。由此，萧开愚提供了一种不同于视觉主义和乐章模式的长诗结构方式，这也是他对现代汉语诗歌的一个重要贡献。但在上述结尾处，这一切事物和形象都处于变异的力量中，它们在眺望的瞬间翻转为虚拟空间的一个个表象。这是一派簇新的宇宙风景的诞生，是数字技术时代的崇高美学。真实与"仿真"，自然与技术，信仰与狂欢，上升与下坠，疆域与解域都处在对穿的运动中，个人和历史的经验在光学碎片中迷乱，时间绵延中的事物压缩在空间曲面上。它提供了"从历史的噩梦中醒来"（乔伊斯）的契机，②但也像站到了神秘无边的视窗之梦的新入口："啊，我崇拜海的蓝色，它的汹涌。/它使我们像鱼，像健忘症。"它也许是一场有关未来的废墟的梦。

---

①萧开愚《个人写作：但是在个人与世界之间——萧开愚访谈录》，见《访问中国诗歌》，第129页。
②乔伊斯《尤利西斯》（上卷），北京：人民文学出版社，1994年，第55页。

自我迷失在色情和数字技术的新境界中（就此而言，数字技术本身是色情性的）。但诗人也说："从幽微与迷离找到自我和自我的影子，或能获得通向他人的起点。"① 先在的"他人"意识并非通向他人的有效道路，因为他人依然是"我"的授权对象。而"幽微与迷离"是意识和感觉从"我思"的认识论中挣脱出来的瞬间。正如《在公园里》一诗所叙述的"间歇"或"间隙"状态，它既牵涉诗歌形式塑造的破与立的辩证关系，也指向自我丧失的体验以及他人之可能性的问题。《在公园里》全诗如下：

> 今天，如愿以偿，下午四点，
> 靠在中山公园的长椅上，我深深地
> 睡了一觉。醒来感到若有所失。
>
> 并不是从那些打木兰拳的女人，
> 和那些踢足球的孩子身上，而是从我，
> 从我在草坪边睡觉的那个惬意的间歇，
>
> 一些东西消失了。我从孕妇的肚子，
> 击球声，蝉声，和飞过公园上空的飞机的
> 嗡响中听到越来越多的间隙。
>
> 我曾经认为，天空就是银行
> 会失去它的财富，它的风暴，它的
> 空洞；但我，没有什么可供丧失。
>
> 我所有过的，在我看见的时候，
> 就不属于我。我所有过的，在我说话时，
> 就已经消失；没有形状，没有质量。
>
> 我甚至知道吹乱葬礼上哭泣的亲人的衣服的
> 并不是死者的呼吸，
>   和歉意。噢，不是。

这是一首为"间歇"赋形的诗。"间歇"对应的形象是孕妇的肚子、

---

① 萧开愚《相对更好的现实》，见《此时此地：萧开愚自选集》，第426页。

球、蝉、公园、飞机、天空、银行、吹乱的衣服,它们具有某种封闭形式或循环节律;但另一方面,它们本身又蕴含某种生长("孕妇的肚子")或突破(诸种声音如"击球声"、"蝉声"、"飞机的嗡响")的趋势。第四、五节内容涉及对表达、言说的反思。(这只是笼统说法,进一步细读仍能分辨出两节内容针对的言说模式——尤其是它们处理自我的方式——的区别。)这里需要解释"银行"一词的用法。萧开愚在同时期的文章中曾用银行和货币词汇比喻诗歌写作(尽管语境与此处不同)。[1]《向杜甫致敬》结尾也出现过"银行",代表相异事物之间空洞的兑换机制:"在我们的地狱,我们的银行,/抓住上帝之手是可能的。"这也算得上现代主义文学的一个较为偏僻的传统(尤其在马拉美和庞德那里),詹姆逊论述现代主义与金融资本的关系时说:金融资本"能高高在上地生活在自身的内在共生状态之中,并在不援引旧的内容的情况下流通。"[2]就此而言,"银行"可视为对资本和消费时代纯诗的世故的绝妙比喻:"天空"作为纯诗想象力和意象类型的代表性符号,其功能在当下不啻于非时间性的、不及物的、自转的,且可以从中不断提取美学利息的"银行"。最后一节,"噢,不是。"在语音上回应前一句的"并不是……",并使整首诗的形式也即那个"间歇"形状更加完满(甚至"噢"的发音效果也回应了前面各种封闭形象);但语义上它是对"我曾经认为"所统领内容(直到"……和歉意")的否定。也就是说,"噢,不是。"最终反对了诗歌的"银行"美学,也肯定了"死者的呼吸和歉意"的真确性。

正是"死者的呼吸和歉意"吹开了闭合的生命与诗,并使其与外部的或记忆的世界勾连起来,这是一种列维纳斯意义上的"迫近的诗意":"世界的诗意不可能与极其迫近或者说是邻人的极其迫近分开。正是由于感到了它们源于某个绝对他者,某些冰冷的、矿物质般的接触才没有由于被剥夺了这些温暖的感觉而凝固为一些信息。感到了它们源于某个绝对他者,这种感觉乃是感性的最高结构。"[3]诗意存在于对"他者"的伦理意识中,如对死者"呼吸"的敏感,或如列维纳斯所激赏的策兰的将诗歌视作"握手"的那种

---

[1] 萧开愚《90年代诗歌:抱负、特征和资料》,见《最新先锋诗论选》,第333、335页。

[2] 詹姆逊《文化与金融资本》,见王逢振主编《文化研究和政治意识(詹姆逊文集·第3卷)》,北京:中国人民大学出版社,2004年,第367页。另参见:"继马拉美之后,庞德把货币设想为一个象征价值系统,或者说一种语言。"若纳唐·波洛克《论埃兹拉·庞德〈诗章〉题目的分裂与解体》,见蒋洪新、李春长编选《庞德研究文集》,南京:译林出版社,2014年,第284页。

[3] 转引自刘文瑾《列维纳斯与"书"的问题:他人的面容与"歌中之歌"》,北京:生活·读书·新知三联书店,2012年,第219页。

承诺，①而"间歇"传递的"幽微与迷离"也许正是"感性的最高结构"的别一种说法。但是"间歇"中的他者想象在萧开愚这里只是一种自我指涉的方式（如第二节中的表述："而是从我，/从我在草坪边……"）；在另一篇文章中，他更将"间歇"引向深远的文化诗学传统："中国诗人擅长颇多，其中之一是睡觉，浑然不觉时时过境迁，时过境迁时浑然不觉。醒来，是醒在啼鸟中间。这个心想境至的传统表明对人的厌烦。……诗于人，辞藻辐辏的信念所诱发的休息，就是从此时此地、从'我'的倏忽脱离。"②这一思路与传统诗学范畴如"物化"或"出神"的关联，使其与列维纳斯的"绝对他者"有了本质区别。（后者正如利科所论，不仅与自我保持"不对称性"，形象上也更近于"正义导师"；而利科本人则试图从"自身解释学"的进路证实"作为一个他者的自身"的可能。③）

　　"间歇"的他者意识归根结底指向自我，而"死者"，某种程度上讲，首先不是一个对象化的客体，而是自我作为有死者的"即生即死"的体验。④这也与90年代后部分诗人对诗歌意义和诗人身份等问题的认识变化有关，萧开愚在《90年代诗歌：抱负、特征和资料》一文中陈述了某些变化趋势，比如：追求"新而合适"的形式，触及广泛的社会生活题材，写作由此"获得了一个广阔、往往以损坏的方式贡献活力的语境"。特别是针对80年代诗人的高蹈形象，90年代诗歌的"反讽"追求显示了某种自我抑制的愿望，"经验"、"叙事"以及萧开愚特谈到的诗歌"戏剧性"问题都与此相关。"戏剧性"需要更多样化的处理人称问题的方式，但又不仅仅只是一种修辞法，按萧开愚的说法，"戏剧性——很多人物的出场——将诗的舞台提供给了更多陌生的、新近出现在世界上与我们生存息息相关的东西。"⑤这一要求同样反映在他自己（张枣诗歌对此有更自觉的实验）的特别是长诗写作中。比如《向杜甫致敬》接纳了众多身份各异的说话者，形成某种类似小说中"复调"的叙事效果。⑥"复调"在巴赫金那里多指思想声音的丰富性，这对诗歌同样重要，但诗歌声音强调的重点毕竟不同。诗歌声音既与诗中捕捉和分析的声音形象有关，也与诗歌借助的音韵或音乐形式有关。此外，诗

---

　　①参见刘文瑾《列维纳斯与"书"的问题：他人的面容与"歌中之歌"》，第313—333页。

　　②萧开愚《安特卫普大学讲演稿》，见《此时此地：萧开愚自选集》，第393页。

　　③保罗·利科《作为一个他者的自身》，北京：商务印书馆，2013年，第281—283页。

　　④萧开愚《安特卫普大学讲演稿》，见《此时此地：萧开愚自选集》，第394页。

　　⑤萧开愚《90年代诗歌：抱负、特征和资料》，见《最新先锋诗论选》，第332、337—339页。

　　⑥巴赫金说："复调"中主人公的他人意识"没有对象化，没有固定化，亦即没有成为作者意识的单纯客体。"M·巴赫金《巴赫金文论选》，北京：中国社会科学出版社，1996年，第4页。

歌还在其情感和思想展开中生成某种内在的声音调性，它是说话方式和口吻本身构成意义隐语的声音，正如唐·伯德说的："诗歌的音乐就是声音开始意指事物的经历"。①《向杜甫致敬》中自我反诘的、克制到呈现出沉默属性的声音意味着，恰恰是这种声音构成了对杜甫的致敬。《在公园里》介于独白与交谈之间的带着隐晦的自省气息的"中间语态"，使"死者"的时间——历史伦理显现为一种叙事的伦理。声音的"意指"也是声音的允诺，它以回忆的形式如同"死者的呼吸"那样重新在场，所以帕斯说，诗歌声音代表流逝但"又变成了一些清澈音节返回来的时间"。②

　　诗歌声音关联因素众多，这使其常常变得复杂而无法获得单一判断。但当我们说某诗人拥有自己的声音时，总是意味着在其诗歌中可辨出某种较稳定的音质。它既得自个人禀赋的创造，更是历史文化现象的一部分；因此，它的意义也需放在历史特别是同时代文化的主导声音类型中加以判断。许多诗人拥有自己的词语和语法系统，甚至也具备清晰的声音特征，但有时那声音仍像公共声音的巧妙再现。当代中国文学中流通的那种移情语调，常常轻易替换死者的道义位置，正如《向杜甫致敬》中评论的"幸存者"："那幸存者的委屈所控告的飘逸/构成了妖媚的判词，/'句法，风骨'，/简直就是稀泥。我恶心/你们发明的中国，慢速火车/缀结起来的肮脏国家，/照着镜子毁容，人人/自危，合乎奖赏。"臧棣90年代初曾说，幸存诗学是"从历史的诡计那里购买到发亮的诺言"，③相比较某些"幸存"诗歌的自我圣化语调（不是说"幸存"诗歌必定伪善或偏狭，而是书写的姿态太过轻巧），萧开愚在"间歇"中感知的"死者的呼吸和歉意"里包含更多内省的经验。尼采曾说"愧疚"是"被迫潜匿的自由本能"，且视其为现代人"非自然"处境的表现。尼采的发现类似黑格尔在自我（反讽自我）构成中发现的"坏的无限物"或"精神上的饥渴病"。尼采为此推荐的拯救者正是"查拉图斯特拉"。④尼采思想和文风的健朗让人欣羡，但中国当代文化中"查拉图斯特拉"式的声音太过尖利，相较而言，萧开愚诗歌式的声音反讽在当下也许更值得听取。比如，同样是"火车"物象，它不只是"缀结"或通往某个目的地的工具，它也可以是将叙述者重新带入"怪异的龟纹"式的流动的、冲突的历史经验的媒介："哪座车站的剪影闪现在啤酒/泡沫里，哪些人的灰色形象/就卷入苍白或漆黑的火车"（《向杜甫致敬》）；而同时期的《北站》中

①转引自查尔斯·伯恩斯坦《语言派诗学》，上海外语教育出版社，2013年，第24页。
②奥·帕斯《批评的激情》，昆明：云南人民出版社，1995年，第48页。
③臧棣《霍拉旭的神话：幸存和诗歌》，载《延边大学学报》1993年第1期。
④尼采《论道德的谱系·善恶之彼岸》，第63、71—72页。黑格尔《逻辑学》（上卷），北京：商务印书馆，1996年，第137页；《美学》（第一卷），北京：商务艺术馆，1996年，第83页。

有如下句子：

> 我感到我是一群人。
> 走在废弃的铁道上，踢着铁轨的卷锈，
> 哦，身体里拥挤不堪，好像有人上车，
> 有人下车。一辆火车迎面开来，
> 另一辆从我的身体里呼啸而出。

"北站"与"苏州河"相似，是中国近现代历史多重经验和记忆的交叠场地，只是它的荒芜本身更具寓言意味（按原比例缩小建成的博物馆耸在原址，历史的微缩景观也许恰好说明了那段历史本身在当下的含混处境）。与此对照鲜明的是身体场地的拥挤，"我是一群人"并非认识论和心理学层面的自我分解，诗中画面暗示了那"一群人"的社会身份："在附近的弄堂里，在烟摊上，在公用电话旁，/他们像汗珠一样出来。他们蹲着，跳着，/堵在我的前面。……"由此，身体（主体）地形图的剥蚀和分裂最终只是历史和社会的剧烈变革的表征。这群人"他们哼着旧电影的插曲，/跨入我的碗里"，"他们聚成了一堆恐惧"。诗中的人物群像确实像旧电影的定格画面，这是对曾经和现在的双重记忆的虚构性的警觉，也是对叙事本身的自反意识；进一步说，它警示：作为绝对他者的逝者世界同样构成了对主体的唤询。但另一方面，电影介质的暧昧性（电影的灵韵），又使每一帧画面的姿态从过去的时间跃出，仿佛那姿态中尚有未被耗尽的、吁请着未来作出某种因应的激情元素。它们是时间中的一个个"间歇"但依然保存着有关事物和意义的踪迹，是虽被指认为失败但"总是要到来或复活的鬼魂"（德里达）。[①] 因此，重叙并非为了澄清真理并寻获情感平衡，更不是政治立场的选边站，而是要将它们持续地带入思想和意义的争执中。叙事象征性地构成了死亡的延缓（另一些时候则可能是死亡的象征），这正是诗歌向未来承诺（作为幽灵返回的写作本身）的一种规划的力量。"正如波浪是一种力量而非它所构成的水，"史蒂文斯说，"它是想象返身压向现实的压力。它似乎——在最后的分析中——与我们的自我保护有关；而那，毫无疑问，就是为什么它的表现，它的词语的声音，有助于我们生活我们的生活。"[②]

2014.12

---

①德里达《马克思的幽灵》，北京：中国人民大学出版社，2008年，第97页。
②史蒂文斯《必要的天使》，见《最高虚构笔记：史蒂文斯诗文集》，上海：华东师范大学出版社，2009年，第300页。

探索 Discovery

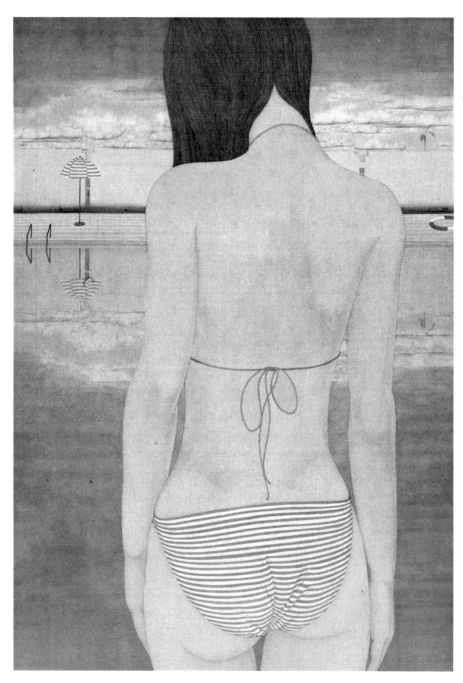

张见：蓝色假期之二　70cmx50cm　绢本设色　2013

王炜诗选

（5首）

洪　水

> **"在这新结的冰上"**
> ——普希金①

土地越来越明亮。洪水之后，潜伏的云
低于浪头，显示它们的告别激烈。

重建迅速。人人尧舜
操练俑人阵形，救灾如观礼。
对三种人的教育迫在眉睫。
斜视的男孩已经在新近的饮水渠上
寻找纳喀索斯的自我。高地
渐渐抬升，如乏味的王室
人们忍不住连锁下跪，于是青年
玩世不恭，成为喜欢徒劳和吹嘘的人。
第三种是野蛮人，干事业像打入火焰。
那个划分了第一天的人，那个指出未来的人
看谁像孩子一样，就去交流
看谁像儿子一样，也是他死的理由

那秩序之父，化变成兽的人
冲着不承认他的家庭吼叫。
六国委员会重击大鼓，基础调研势在必行
再聘用一些智术师派别去呵护
固执的人民。闷雷还在重复。新的
一天，也是工作停止的一天。

把我们和一场洪水隔开的是什么？
什么是那个时刻？那古老的区划是什么？

在未来，每个省的水都不同
　　　"齐之水，道躁而复；
　　　楚之水淖弱而清，故其民轻果而贼；
　　　越之水浊重而洎，故其民愚疾而垢；
　　　秦之水泔冣而稽，淤滞而杂，故其民贪戾罔而好事；
　　　齐晋之水枯旱而运，淤滞而杂，
　　　故其民谄谀葆诈，巧佞而好利；
　　　燕之水萃下而弱，沈滞而杂，
　　　故其民愚戆而好贞，轻疾而易死；
　　　宋之水轻劲而清，故其民闲易而好正。"②
——昨天的分类法重新适用，我们又必须
依靠劳动力的，更坏的
以致未来的小人也起用故乡暴力
他们的父亲，那怨忿的基础工作者
在他即将卸任的混合泥土中
也没有离开他的生命、他的洪水。
他太荒谬了，因此诛杀他。
疯狂的中文如疾病、如污垢
陪伴他们，如小丑陪伴中国。
让我们接受，失败的江河工作者
在一片起重机的阴影中
嘟嘟囔囔说：魏特夫是对的。③
让我们接受，再次到来的凌汛期
这矛盾的洪流超过自然标准了吗？

如果我返回，沿着丧失
我应该说和做什么，在那些事实和地理中？
但那僵硬的智者群体告诉我
回应这一切，还得去找那条龙。
那悬浮在半空的老师，隐藏在
天坑地穴，像一笔巨额财富。

我们，沿着各种原始醉汉顺流而下的我们
能向一场被忘记的洪水学习什么？
是否洪水也是一个被忽视的领域？
当板块再次震裂，像上帝在看看
它的正面和反面是不是一样的。
如果接受洪水就是接受祖国
去吧，去从一个大垃圾堆采样
如果四分五裂的语言只能撤回到
我们将成而未成的抵抗能力中
即使团结只是一个畜群范围的会议。
当板块再次震裂，像一个来临中的
祖国，我们只有下沉的恐惧
没有那种未来照亮了整个水面的恐惧。
但中国就此形成，空间惊呼
交通警钳口结舌，旋风中
吞吐着琳琅满目的空谈与
策划案，变成幽灵说：
"要记住"，人与猛兽合而为一。
如果接受洪水就是接受祖国
沿着两条传统水系，我们返回
一次从过去到今天的波浪
那有病的双螺旋，是一次经久不息的感染吗？

土地越来越明亮。开发区
浓烟起伏，像主席在追他的火车。
居委会补气养义，提倡吃米
吃树叶，这是一种主权食谱。

蓬勃的集体朗诵像一伙暴徒
学习院士们的废话风范。
天亮时，一会儿的灰暗里
人们的太极拳已经卡住了。
中条山下，盐湖的影子放大④
如最初的、覆盖我们的影子。
如果我返回，从峡谷到三角洲
在这片空虚的脐点地区
与疲劳的旅行者相遇
未能驻地的泰戈尔，不适应轿子的
谢阁兰，用烟霞隐藏他的恐惧。
大大咧咧的W·H·奥登⑤
在黄河边，打量那头算术牲口
这停止的尺度，鬼魂的水文站
不能让英式探索满足
见识了莱特兄弟的人会渴望更多。
不论大地的纠正还是鬼魂的看法
我必须重新接受，在一阵溃决的
严寒中，中国永不完成。

如果开端时刻也是未来时刻
停下来的人和未来的人之间
能否再次产生君子，更新我们的能力？
我不确定人们是否停留在
一种新的僵硬中，但这恶棍与伪君子
合作的父土，"布满有敌意的废墟"。⑥
人们说，"年轻人
你看到的冰川是剩下的"
但这不影响我也在子夜的
水文站，"听见那最初的冰"。
如果未来是一个冰面
所有的龙都在入海口死去。
如果我返回，沿着起点的
变形记。语言也只剩下

稀少的人类形式。

水上漂流的巨冰

是我的野兽，也是我的兄弟。

听，这冰的历史。

听，被遗忘的旗语，催促着我。

听，永不完成的新大陆

敞开，关闭，敞开再关闭。

2015.7

注①：《致奥维德》第二节。

注②：管子《水地》。

注③：《东方专制主义》作者，在该书中发明"水治社会"、"治水专制主义"等术语阐释中国专制模式的成因。

注④：山西运城盐湖形成于新生纪第四代，由于受一次大的造山运动的影响，是世界三大硫酸钠型内陆盐湖之一，南依中条山，西邻黄河古渡。约在公元前30世纪，为争夺"河东盐池"（即盐湖）而演绎"黄帝战蚩尤"。尧、舜在此建都。"伯乐相马"也发生在此，其中的马即运盐的驮运马。环绕盐湖曾有用于护卫的长城作为"禁墙"，"终盐池一周，屹然如城"，唐代草划，明代续修，截至上世纪50年代，禁墙基本保持原貌，到上世纪80年代，六十余公里周长的禁墙三分之二被拆除，近年大部分遭损毁。

注⑤：见衣修伍德《战地行纪》。

注⑥：出自黄丹怡在西安美术馆"副馆长计划"中写作的文本。

中亚的格列弗

"既然此前的分类已经完毕，到达的

诸位可以作出今天的区别。

见识大大小小的人格化身

会晤一只隼、一条狗

一头坐骑或其他聪明的生物。

'我们都是仁波切'，这儿的人都这么说

接触一些经常处在典礼状态的人

最新的董事会，座谈都引人入胜。

也有那离魂异客，馋嘴毒汉

大部分粗通人文，肉多，前脚已跨进未来。

我们就地散开，有的一边陈述，一边推卸

有的贫贱不移，憎恨丰富性
有的提议风物暂缓，但逞强也暂缓。
有的赞扬起源，识别建设
约束意识，或用尽意识
在各种关联的中断处作发挥
引申一些自然和不自然的。
概括在硬生生中实施，如同重提的预示

都觉得那太难的被耽搁了，也都从
好的出发点，成了普遍不确定的。

怎样说话而不取代？或者，可以用取代
取代习惯了的存活意识？
存活的只是习俗。要怎样说话
可以停止一部分在延续的？
或者可以用语言的盲目，取代语言的意义
用一件固执的工作取代诚实？
这样，我是个只做到了取代的人，只做到了枯燥。
可以用取代本身，取代生命？"

"你当然可以挑选那取代你的。
区区小可，或者微笑金身
你的应急机制必须机伶而中肯。
我的意见是：你们这支原理小组不可
重复那些终于不耐烦了的大不列颠人。
在一个只剩公益可谈的地区
一个愈益渺小的地区，那么
不如在你不可能完成的理解中
实现一种最后的公益：你的癫狂？
你的知识是什么呢？或者，
用还原取代震慑？你的概括术
那么喋喋不休，像个近代作者。
就在这里受领，对你所有第一印象的纠正吧
嘟嘟囔囔的意志又能概括些什么？"

"你所揣测并言之灼灼的
我的第一印象你以为是什么？"

"为什么你认为，你更有理由说到它？为什么
在各种可能的对象中你要单单说到它？
你看，你左边是本轻薄志异
右边是具肥满的积习。
既然你不是族人，在这有病的千高原
从理解劳动，到理解愚蠢，你作为离心物的
分类法尚可对眼前情势作个人的治理。
固然，如阿克顿所说，'永远不惊奇于
一个轮廓的显露'，这是
大家必须做陌生人的原因。
加入一次次牵强附会的旅行
学习说真实或并不。
学习以一种并不尽勉强的感谢
悉心接受承认已过时，那作为
双方彼此对照的承认的已过时。
因为感谢仍是人情所需的感谢
因为，全部关系已经处在另一种关系中。
敬请舍弃，蒙、疆、藏之间
一个从未发育成型的共同体，不同于'想象的共同体'
敬请注意，一次次性质各异的打断，一次次重设
敬请注意半个世纪以来的
大规模集体劳动史，大规模平庸建筑史
最后的博物学，以及地理学之死。
你以为，你在对一个谜做不可能完成的整理？
你需要不失时机地，表示你对道路的忠诚吗？
你只是一个想做到不可能的全景的人，你只是
一个幻想着不可能的实践的人。"

"我只有一眼之见。我只有
原野为我带来一些类似的，不显著的。"

"究竟什么让你别扭？"

"当然，我也用今年的见识
更改去年的意见。我的理由减少
如消退的冰舌。我的理由也是难以再生的。
抵触的头脑虽想占尽说全
但已非萃取者的我们仍然
只能携带很少的讲究去活。
对于那些坚持说出来的话
顽固的心并不能自动解释。
从牧场到沙漠，从三角洲
到喜马拉雅山区，各种拉萨与乌市的双城记
仍然一知半解，仍然刚愎。
在一个个便于攫取的地区
也许是必须停止而非必须
去做某事，带来事实的残余。
并且遭遇竞争那样遭遇质朴
因为质朴也是眼前的一个鬼影。
像遭遇竞争那样遭遇挫败。
我能在竞争中不胜不折，保有
一种并不完全是平庸的持续性吗？
一种喑哑的篡改？我仅有的干预？"

"别较劲这些了。不如像恰赤坚赞①
一个本地抽象，一个亚洲原产的
说自己看见了'一万只飞鸟'的独目人。
这故事送给你，补充你的实践领域。
而我们总是惯于把事情想坏
也可以想想事情的未来，一些我们不得不又
说着的想法的未来，比如：*正确性*的未来？"

"或者，**软弱**的未来？"

"**地方性**的未来？"

"或者，**诚实**的未来？"

"**知识**的未来？"

"也包括，**深刻性**的未来？"

"或者，**无知**的未来？"

"这主意不错，可用在你的《中亚观察》
或我的《亚洲人文地理》
编辑你的各种未来或我的末日选。
我较劲是因我并不寻求内在的
而是那外在的。我较劲是因为
我从我反对的事情里要找回的
并非失去的谜而是失去的现实。
我沿着一座波浪公路寻觅
缺氧中摸到了雷霆的开关。
云层乍阴乍阳，旦复旦兮，像主席。
这深黑板块颤动着，像最初的冰。
我深黑的头脑还需枕着命令入睡。
我要接受的每个理由与这
并非缄默的冻土都像一枚
阴沉的眼睑，在身边眨着。
有时，土地是我脚下空虚
瑟瑟发抖的东西，告诉我不能走远。
在望远镜中，我的动作是放大还是缩小呢？
我希望重复我与大地的视力之间
未能实现的对视……一种盲目的对视？
至少，我还可以廓清那取代我的
既然我说不出更多的，更应当的——"

"那么，说吧，愚蠢。"

2009.11.—2010.8.

注①：恰赤坚赞，莲花生入藏时的地方宗教首领，与莲花生斗法中被除去双眼，后归顺莲花生，莲花生又在他额心点开一只眼睛，问他看到了什么，他说："我看到了一万只鸟。"现供奉在拉萨八廓街东南侧嘎玛厦内。

四幕诗剧《韩非与李斯》第三幕"用"片段

李斯

（对文士）

我承认，你让我想起那些需要维持的关系
因为禁令也同样会来自彼此估计不足的你们。
人们发出声音也都是为了禁止。我也承认
不论谁说话，都有可能是空洞的。

文士

既然一个思路会成为绝路，我不知道你们
这样的人是否从不怀疑你们所做的？但我也知道
你命名、整理、招募一切逐客。我以为
我属于未来，所以我来首都。
现在我知道，我属于过去。
人人需等待，被喜欢，被隐瞒
等待着，直到愚蠢混同于光荣。
等待本性，或用去本性。
就在这些时刻，我们已经竭尽全力。

（稍停）

大人，听见他们哭嚎了吗？
你，一个新仓颉？

（背景的雪花屏和噪音不规则闪烁、嗡鸣3—4次，每次持续一定时间。每次闪烁和嗡鸣的间歇是2—3次的呼吸声。）

李斯

我不介意比喻。
那是枭的叫声。雨停后
它们出来闻乌云的气味。

文士
那么你知道老鼠的感受。顺便说说，南方以西
横断山脉正有一次可观的鼠害。老鼠腾空而起
成千上万，幻化作漫天飞沙，代表草原来报复我们。

李斯
我不介意比喻。我介意的
是那些不被相信的作用。
你不懂。

文士
不懂什么？相信？

李斯
不，你不懂不相信是什么。
假设我们恰好是生活在一个
不相信使事情实现的世界
能做的事又会是些什么？
我们通过危险的假设所产生的
那称之为政策的东西究竟是什么？
在很大程度上，一个政策可以使我
无视你们那些独特性的存在。
但我也试图维系我无视的东西
这是我继续听你的比喻的原因，
也是我来这里，向他告辞的原因。
你使我也不妨想想，是一个政策还是
一个寓言使事物存在。正如并非相信
而是不相信创造了我们的命运。
不过，所有真真假假的故事最终都会承认
人们对政策的需要是牢固的，
为了自己或者，也为了共同体
我们必须假设它是最终的解决。

文士
我也试图维系我无视的东西
但我好像什么也不做。在北极星下
在这城郭深处，我的意识并不分裂
我的意识也是对缺乏什么，和承受着什么的意识。
其实分裂的意识是多么罕见啊，是你们才会有的
我们只有雷同的眼、耳、鼻、舌、身、意，构成一个笼统的时代。
你看，我的身体是一次糟糕的统一
就这来说，我不如一根自断的蚯蚓。
既然你不介意比喻，你还要承担更关系重大的命运
那么，你的死法兴许略同商君。
你可能从未意识到，一切受你邀请的人对你的厌倦
这一点，那比我更有话说的人不会这么说。

李斯
谁？

文士
那个我不齿的人。

李斯
只是蔑视就太省心了。
你来这里做什么？

文士
来告辞。

李斯
这是空间的自然法。只要一代代青年还需要
一个都城，人的运动就已成定律。
　　　（稍停）
你的技艺恰好就在于告辞。
去吧，带着你那得了靠山的孤独
去你那个地主趣味的偏安省会。那也算是
一种小结构吧，那里的庄寨，那里的哥们儿。

文士
我常常想，我们要感谢非议，因为非议区分了
我实际所是和我自以为是的。
我相信，未来之人会变得空前挑剔
所以我来看看他的独特性究竟何在
我不懂得他的政策，但我懂得他的寓言。
换个话题吧。他一直没什么可说的？

李斯
你也可以归入他所说的黑五类。
    （往韩非的方向）
叫醒他。

韩非
我在听。

李斯
听，这雷声像不像你的口吃？
在这里，可能你已经懂得了
用途即囚禁。过去我们争论
事实是不存在的。但事实是
你没有可能写你想写的那些书。
你写的各种书将埋没。你的
《驳王诩论》、《以后的诸侯国》，你的
《诸子空谈》、《反奇迹故事集》。
我认为你那些书毫无价值。
死是你最后的韬略？
这就是你告诉那些年轻人的？
对他们来说你很简单
想从你知道的他们都知道了，然后
去成为首都超人，或者观念畜生。
根本不是什么不起作用令人悲观
而是世界的局限已经太清晰了
    （近距离手指韩非）
而你，你是模糊的。

成　人

"……只经历了两个阶段：青春期和衰老期，但从未经历过成
年阶段。……所谓成人是不存在的。"
　　　　——让·吕克·戈达尔

"他把'解放者'看作一个敏锐的人，可是很不幸，事实上他
并不是这样；还把他看作一个政治圈内的强人，然而事实上却表现
得像个被惯坏的孩子；最后，还把他当作一个众人的领导者，赋予
了他事实上从未有过的成熟，而且是在一个从来就没有过成熟的大
陆上。"
　　　　——出自一位名叫让·路易斯·艾哲的评论家对Alvaro Mutis短
篇小说《最后的面容》的评论

"你有备用钥匙，看看电脑
在不在，即可确定人是否被带走。"
听完电话他出门，打车。声控灯
忽好忽坏。他拍手，爬楼。

"我已经放弃成为后继者。"
几天前，失踪的人如是说。
室内衣物凌乱，烟抽到一半。
他替离去的人关好窗，回到
车辆拥堵的华北平原上
那么多重复的身体动作。

"离开环保圈后，我有机会重建普及工作。"
几天前，那个从南方回来的人对他说
"你看，玄学已经在恢复阶段，像鹿、狼在致敬。
在中原，乡村柏拉图做强做大。有人相信
唯有蝌蚪文匹配，这喜怒无常的国家。
有人坚持星分四野、天下有序，但这些
古代地理学迟早被忘记。
我不想再做基础教育

我想写作。但你知道
我已经在这二十年中失去了什么。
兄弟，当初才华遍地都是
你来我往的绝妙一如绝境
如今，门客也有了门徒
不上不下的老师们老得伶俐，
你看，现在我也习惯了这种
国产思维：新旧对比。
现在我什么也不是，但只要我没成为
成府路上言必称'我们北大人'的人
我也算是从你取笑过的那些典型性偏离了。"
——那个满不在乎的三线之子不关心
他的反应，问他："你现在视力如何？
你以为你看得多，可是兄弟
我们被迫形成的知识像偷来的知识。
一如在被其他东西干预中形成的你
我也接受，你的干预。
以前你说过一个关于伽利略与
弥尔顿的段子，你能再说说吗？"

于是他重复："一个视力恶化的人
去狱中访问一个远见的人，由此
望远镜中的月球表面用来类比撒旦之盾。"
——那个来自航天系统的人打断了他：
"不，我们并不是一个次要战场
接受那些被一场麻将给驯服的人
既然你向来也自诩，你喜欢那些
开玩笑的战斗，白酒类的快乐；
即使罗马与耶路撒冷这一对儿
我们念念不忘的对立结构
也有赖于一个个刚愎的省
不符合预期，但正在发生。"
——那越来越笃定的人突然阴郁
递给他一部《中国宪政运动史》，"我不能
直视陈先生的脸，我刚刚去医院探望他

对不起……那是一张我看见了死相的脸。"①
那个停止了漫长的总统幻觉的人
那个终于从不能自理的哽咽生涯中
整洁起来的人,最后对他说:"当然,
也有人告诉我,对人的消耗是国家行为。
是的,我,一个民哲。
你,忘记你的翻译版弥尔顿。
就在这临时的中文里,讲这些故事吧
如果我们的语言必须遵循中国的噪声。"
关押点随后确定,但禁止探视。
他也没有机会做一个临时的弥尔顿。
在这又一轮临时管制中,几个周边城市叩击着大陆。

深冬的光一再反复,一再催促。"面对一个
反对面的团结,道歉能解决问题吗?"
他的谋士朋友对他说。同时
他的妻子下了决心。他停止惦记
各种失败的共同体,面对家庭的结束。
在一个垃圾早晨开始的一天里
在夫妇争吵汇入当代争吵的一天里
他抽完那些剩下的烟,"面对一个
妻子方面的居委会组合",道歉能解决问题吗?

于是他只能去永冻的冰层上
询问那个前夜的大师。
那个在不断重组的资源世界
被敬而远之的人,对他说
"我感到一种奇怪的欣喜
在一个斯维登堡的地狱,
这里有无休无止的闲暇
可以研究错觉的生命力。"②
"我还能做什么?"他问。
那个远东化了的幽灵回答:
"尽最大可能做好一项艰难职业,该职业

旨在促成被压抑的东西再现
并且当所有人的面说出没人愿意知道的东西。③
在能力的各种假象中，接受这
伟大的生硬吧，别急着说
这里没有意义，这不是美好的土地
但是，在这种紊乱的可能性中
语言会一天天晦暗
一面剧烈，一面枯燥
如同祖国的两面性，这几年
关于它人们已经谈得够多了。
而你，请做好你手上的事
任何时候别把自己当作唯一的人
别忘记戏谑、理解和伸出援手
这样，你就可以在坦荡中处理
你的关系，听听陌生人的敲门声。
即使他们一身寒意、抵触，让你如履薄冰
即使他们带给你专断的阴影和女人的阴影——"
"大师的阴影呢？"他问。
"您那些问题我无法回答
在这个失败者的反应堆中
把工作当作最后的射线吧。
当你踏过一切困难阶段时
大师的阴影并不是那层冰。"

"我感到一种奇怪的欣喜，当我被释放
我发现，我还有钱生活。
当我思考怎样重新开始
于是我取钱，取了很多。朋友
这真是个简明了当的开端啊。"

这真是个简明了当的开端啊。
"接受那些从现场走向银行的人"，他想。

2015.1

注①：陈子明，1952年1月—2014年10月。曾主编《外国著名思想家译丛》，是建国后第一次系统介绍外国思想家与现代文学家的大型丛书，对于一些20世纪70年代出生的写作者有启蒙意义。

注②：斯维登堡在对地狱的报道中说，人们在地狱里将永远做他们在世时做的事情。"我们会平静地把我们在世间所做的事情继续做下去，在那里（地狱里）也会丝毫不变地保持我们的个性……大多数人没有变化，仍然做他们原先做的事……譬如马丁·路德，仍然停留在他的恩宠说上，三百年复一日地写下他那并无新意的发霉的议论……所有人都处于这样一种化石般的一成不变的状态……人死后的延续，不是那种给个新人穿一件新衣的理想的假面舞会，在那里，人和服装都没有改变"，出自海涅《〈罗曼采罗〉后记》中一段关于斯维登堡的文字，写于1851年9月30日，中译者潘子立。

注③：幽灵是列夫·托尔斯泰与皮埃尔·布尔迪厄的复合体。"尽我最大可能……说出没人愿意知道的东西"出自皮埃尔·布尔迪厄《自我分析纲要》。

朋友的幽灵

又一次，我发现，人所认同的不与他同在
一伙人影影憧憧，分不清才能出处
我们在梦中开会，欣赏PPT
有人哄笑，有人存疑
这不稳定的有生力量是否合成为
一个自我核心化的青年？他的
目光像个正确的党派，按捺着轻浮
另外两张面孔是深情的
腾格尔与板着脸的黑格尔
这四种自我，进修中的黄帝
在不成熟的大陆上推动不成熟的
新工具，而发展中的幻方以外
一个抵触共同体又在规划蚩尤原野。
有时，一个时代的语文完全围绕着
他的喜怒无常，它喜欢更辛辣，还是更雍容？
　　但我更喜欢烟囱、工事与平原
出现在语文的反光中。
语文的反光也是语文的另一天。
我年轻的朋友也从另一天到来，像从一个
烂摊子撤下来的复员军人。告诉我

一年只出产几个有限的短篇小说
"接受这个时代吧，抛弃
那种理想——近似匿名又近似闻名；
动用什么也不是的事物也会是庸俗的。"
"既然并不一定要在首都生活
你还留在这里干什么？"这农业的人问我。
我回答："我喜欢这些湖广狄更斯
中原布罗茨基，河北海德格尔
他们脑子里的战国意识吸引我
没有大脑可以理解，没有
经验可以证实，没有命运可以承载。"

"我还在写，但我的想法
有了变化，正如我的灵魂。
我认为你留在不安的生活中不如
加入死人的稳定团结。现在
我放弃否定，这是一种奇怪而恒久的
保守主义，另一个一生。"
这革命的人对我说，带着与他生前
近似的局限，但褪去了乖戾。
"你为什么选择死？"我问他。
他回答："整整一个省的石灰岩邀请我
何况这里还有这么多著名的死者。
对于你，野蛮没有结束
对于我，停止塑造了乡村。"
　　但我更喜欢城市胜过喜欢乡村
这里也是劳动的时光，朋友们回到
失落已久的感官工作时
并不嘶吼，也并不描摹。
哦，语文的反光！语文的另一天！
但反光只能被乌合的领域承认
每个人是全部，是又一轮野蛮人
不能更主动，也不能更宽容
过分混合又趋向于简单。

在语文的另一天亮起来之前
在我适应新的视力之前
在没有诸子的大都
我们抽烟，道别。

2015.1.5

诗的草图

王　炜

写《洪水》的动机

写这首诗（《洪水》）的动机，起初产生于一个冬天因工作原因，在沱沱河水文站的几个夜晚。禹和鲧的故事也是一个关于"中国空间"的产生时刻的故事。禹的前任，鲧，是失败的土壤力量的化身，他的怨气使他异化为一种危险的动物。这首诗迟迟没有写出。年初在山西的旅行带来一些思路，陕晋豫三省交界，也使我想起E·沃格林所称的"脐点地区"。

之前我也从未想过会写一首有关黄河的诗。见识黄河曾经是一种古典教育，理解黄河，意味着理解中国的秩序史，意味着理解由它而分布的形势与力量格局，以及"中国空间"是一个怎样的地理构造与力量事实。黄河一直是一条地缘政治的河流。"过河"与"过江"有着不同的意义。

诗的原点仍然是在夜晚的沱沱河边，听到充斥整个空间的碎冰摩擦声时所感受到的东西。尽管时隔数年，那个原点依然在推动这首诗。

关于组诗《成为同时代人》的回信片段

"同时代人"显然与哲学家阿甘本的文章有关。但如果熟悉霍达耶维奇、帕斯捷尔纳克等人的散文，联想到"同时代人"这一命题的可能性就不会太小。熟悉了普希金若干书信体诗作以后，我也越来越想写一些类似的诗。我只是受到这些传统启发的写作者中的一个，并且是在产生这一念头以后才读到阿甘本的文论，但这并不重要，我们常常必须接受一个更强有力的声音说出那仿佛仅仅是我们自己意识到的东西。这意味着，的确存在着一种共振，也意味着移动在一个时期之中的问题意识是我们人人都要经过的游动悬崖。"成为同时代人"与"成为自己"同样重要，并且，"成为同时代人"可能比"成为自己"更有可能变化陈规。阿甘本对"何为同时代人"的说明仍应被作为指引："同时代人不仅是那些在感知当下黑暗的同时把握那注定无法抵达的光线的人；他也是在划分和插入时间的同时，有能力改变时间并把它置入与其他时间的联系的人……不但与我们的世纪和'现在'同时代，还要与我们世纪和'现在'在过去文本和文献中的预表同时代。"因此，这组诗中也有关于几个历史中的写作者和非文学领域的人物的诗，譬如尼科洛•马基雅维利、波德莱尔、米哈伊尔•巴赫金、电影导演阿列克谢•日尔曼、人类学家B•马林诺夫斯基（主要关于他1914—1918年的日记）、写下瘟疫年纪事的丹尼尔•笛福，以及著名而被遗忘的虚构人物哈吉穆拉特——与其说他的"幽灵"在回归，不如说他一直存在着但未被辨认。

这组诗也使用了一些源于私人生活的素材，但必须小心清醒，将其置于更重要的层面。"人的问题"依然长久地困惑我们，卡西尔与海德格尔在上世纪40年代的论争和分歧仍具有持久的概括性，我也企图在这些诗中，处理我在"同时代人"中接触到的有关智识表现、遇合与分野。我援用了对一些知识领域的兴趣，譬如浮动变幻在一段时期中的人对形势的看法、谋划、性格和实践行为，有的有趣、有的荒谬，多多少少它也参与构成了难以名状的北京的引力，如果有时我"纸上谈兵"，请以"同情性的理解"将其视为一种虚构的媒介。尽管有时，我们会以某种我们都不陌生的审慎，抵触北京这座坐落于草原和海洋之间的城市——它依然是中国人敏感的非世俗化思维的集散地——但一次次在西北、南方、中原或边疆颠沛一番后，猛然回到这座城市的冷空气里，我都有回家的感受。

我不介意我像个前人的模仿者——伏尔泰或其他类似早期诗人的渺小模仿者。我喜欢罗伯特•洛威尔在《〈模仿集〉序言》（连晗生译本）中写下的看法，"作为一个系列、一个穿越许多人物、对照和副本的声音被阅读。有一阵子不知何故我希望，要把它弄成单一的一卷"，一个"小选集"，"晦暗的和格格不入的部分突现出来……这已迫使我做相当的重写。"

这些诗有的是肖像，有的是合影，有的是事件与境遇的综合。理论上这个主题可以一直写下去。我希望诗行简洁坦率，同时具有善变性，它可以是内容较为系统的"小长诗"，也可以是尺牍。如果某些时刻，它能够稍微接近别林斯基所言"普希金式的朋友之声"，也就不会全无价值。

不稳定的契约
（与芬雷商榷）

才能——作为人的一种始终为之不安的可能性——得不到实现，即变成倦怠的沼泽，我把这视为真正的"才能的归零"。人不是被自己的无能拖垮，而是被自己的未被实现的可能性拖垮。正是未被实现的可能性成为汲取人精力的魔鬼，使人死气沉沉。因此，"潜能"是人的天使，也是人的魔鬼。这种对才能的双重性的认识，在普希金的一些以魔鬼为主题的诗中得到恰切表述。才能联合体的不稳定，也与才能的双重性有关，当我们选择联合与合作，是否可以视为，这也是共同面对那个名叫"才能的归零"的魔鬼的时刻，因为不论如何，这是我们动手行事的时刻，才能联合体的契约即对开启的维护。"才能的归零"的积极性也许在于，它总是那能够在才能联合体的对面移动的东西，促使才能联合体意识到它所不能简单产生联系的部分，那事情不能顺理成章、那"无物生长"的部分，那个"原先自己并不受欢迎的地方，或者，更重要的，栖身于那些原先并不知道如何有成效的栖息之地"（伊雷特·罗戈夫），它们不服从于那些试图给予它们联系的东西。正是这一部分的存在，我们才产生建立才能联合体的必要，而非基于易见的成效。另一方面，如果"才能的归零"是"弱普遍主义"的一种委婉表现，并且得到了阿甘本对如何理解"人之不能做"的观点的支持。文化平等主义者与解构论者倒置的等级观，可以取得暂时的合作；同时，"反脆弱"与"弱普遍主义"之间的战争又会返回，中国不能免于成为它的现场，一如事实上中国从未免于成为任何一次具有普遍意义的观念之争的现场，后者实际上干预并重组了我们的传统和我们的叙事，使我们的每一次主体呼唤并不能顺理成章，也不能被意识形态口号所净化。

复友人书

我当然同意继续写作是"最重要的事"。现代写作艺术家已经提供了美学与"我思"对抗意见世界的范例，但我们必须经由他们，从古希腊诗剧诗人索福克勒斯、阿里斯托芬以及莎翁那里寻求动力，以帮助一种蓬勃簇新的积极诗艺的成型。就我自己，也在"阿里斯托芬—雅里"与"索福克勒斯—托尔斯泰"这两种共存的力量之间矛盾，企图综合两者。我接受一种朴素的意见：一个戏谑、一次反讽如果不是世界压力的反射，不具有精神事件前夜的反光，或者不能使不易名状之物恢复活跃性，即可能成为乌布老爹座前被挖去脑浆的自由人的被豢养的哀嚎艺术。这也是后期布莱希特的阴影，艺术上的变革者被权力豢养。一如今天，基于本能的诗意化作者和简单人文主义作者构成国有软实力文学。我不完全同意"政治理解必须区分开现实部分和信念部分"，我相信以君之宏博，必然有能力区分大话与信念。在"信念部分"普遍遭受抵触思维与还原论轻视的环境里，诗人（以及知识分子）必须与智术师相区别，成为在现有意见环境中重新而不是重复说出"信念部分"的人。

亚洲作者可能会更多——这正是其机会——遭遇和处理成型中的东西，而非一系列作为既成文化材料的形象、词汇和心理内容，他可能必须成为发生着的事物与事态的勘察者，他的创作也因此可能成为一块前途叵测的飞地。可以尝试归纳一个亚洲作者应当承担的诸"要求"：1、创作者是容器，第一要务是接受事物的状况，他有机会实现一种新的转化，成为"容器"以承当视角和转化的积极主动性。2、实践，在不同民族族群中活动，理解成型中的行为和事物，并且在其中促使经验知识客观化。3、对一个多重主题世界的新地形的意识，提供一种事情和事物的新的序列的意识。（在关于泰戈尔的文中我也写到过这些。）

对于成型中的东西的共同经验是可以理解和对话的，这很重要，正是这种实践经验所具有的交流可能性，可以称之为"亚洲"，而不是一个地理空间。成型中的亚洲，是一个存在的遭遇，而非对某一种传统的选择。创作实践，也不同于各种发展理论层面的，或者是建立一个社会行动平台的实践，首先是语言的遭遇，并且去寻找和赋予一些新的形式。不同的"亚洲"的建构，并非不同文化传统的差别，而是实践的差别。首先，我们需要理解不同族群的人们的能力与成型中事物的不同关系是什么。仅仅只有通过更多具体的创作，才会促使我们意识到"亚洲作者"的可能性。一个亚洲作者将会更加孤独，因为他可能会不断减少那些一望可见的可辨认的结果。也唯其如此，他的工作不会再呈现为早期"东方学"目光之下的那种东西。

在"东方还是西方"这一思维定式之下亚洲容易被理解为一种地方性，不论鄂伦春的、蒙古族的、西藏的、香港或者台湾的。直到今天，还存在着一种惯性思维：我们认为只有"中国和西方"，这就够了，不需要再考虑一个"亚洲"。一种成见是，"亚洲"的概念产生于西方的懒惰，好像人类只永远划分为两组人：亚洲人和西方人。这种看法甚至拒绝承认"亚洲"这一词语，认为它是和"远东"、"东突厥斯坦"等等这类概念一样的货色。我们还没有来得及去思考，怎样理解远东民族作家依然保持的万物有灵视角和自然主义思维，怎样理解中亚作家的寓言风格，在来自西方经典的、也往往是等级主义的目光之下，都容易被视为一些次要创造。我们对西方的接受以及自身发生的变化，是非常急遽的，这使我们对自己所处空间的潜能的反应，时间依然不够。我想，这方面，大家都需要给对方和自己一些时间。

我们必须接受所处在的时间的促使与推动。斯宾格勒的话语仍然有效，"愿意的人，命运领着走"。正是实践使我们从空间遇到时间。如果瓦雷里这样的文学家，提出"欧洲的危机"的命题，有其作为欧洲作者在他所处时间段的必然性，"亚洲作为转变"，或者"亚洲的可能性"，其必然性也首先是对于我们自身而言，所以，与其说"亚洲"是一个其潜能有待认识的空间，不如说，它是一个将要到来的时刻甚至时间段。

我相信我们还将面对和经历几次重要的事件甚至精神事件。不论香港还是疆、藏——我相信下一个地区也将很快涌现——已经在昭示不能被回避的时代共性。香港事件对内陆的深刻影响（表现之一为被迫意识到内陆现实的阴沉、迂谬与畏葸），内陆迄今仍然没有深刻的精神回应，但我相信这不是回避，仍然是在准备和等待。只有当所有的问题都归结为一个被重新而又迫切的提出的问题时，更为重要的精神事件与变革就会到来。这一问题即："何为中国人"。何为正在变动的观念地形与历史要求中的"中国人"，何为正在成型的精神事件之中的"中国人"。一如本雅明回应"何为德国人"、托尔斯泰回应"何为俄罗斯人"。并且，士绅文人化的、保守主义谋士的、重商主义的答案不再有优先性，因为不具有回应实践现场的能力。没有什么，能比在大陆深处的主动性和继续成型，更能够回应一系列正在发生和将要发生的事件。所幸我们拥有两种珍贵的工具：汉语，以及具有综合实践可能性的大陆现场。凡压抑这种工作的，必与之战斗。创作者需要再一次的狂飙突进，较为有利于我们的是，之前已经有了既漫长却又急遽的试错时间，我们应该有能力作出进展。这段时间的写作完成后，我希望就"何为中国人"撰文尝试一次认真的阐述，其素材同样会使用到诗艺的变动、当代艺术领域的创作、民间组织实践者的工作以及非汉民族地区的现实。

2014.10.12

信

当一个诗人谈论他的写作，他可能失去朋友。并且，我无法认为一个诗人是理由充分的，因此这带来了一种很深的消极，使我失去言说该事的信心。我们在一件事情上耗费的时光已经如此长久，结出的果实却又如此苦涩。

我更喜欢谈论读过的东西。半年来我一直在读海涅，读全集里的八卷超级杂文，《卢苔齐亚》、《伯尔纳：回忆录》等。我是从毕希纳读海涅的。

在处理浮士德这一题材方面，海涅对歌德不满的理由是后者违背"传说精神"。海涅认为歌德的处理是一个作为怀疑者（海涅称之为"18世纪怀疑派"）的处理，违背了传说"内在的虔信"。海涅认为"虔信"更符合人之意识——或者说，人之简化。海涅自己的选择，是沿用古代传说的结局：浮士德被魔鬼带走，而不是歌德式的拯救。歌德以"世俗之人"为主体的"怀疑派长诗"（海涅语），因为拯救的设置而与海涅的现实感相冲突。海涅认为古代传说的虔信意识与混乱哄闹——或者、古代传说的简化——更加现实。浮士德总是要被魔鬼带走的，而且是在彻底的恐怖、毁灭和嘲笑中。这一古老的也是简化的结局，也许可以说明海涅对"人民"的、也是对"作者与人民"的关系的看法。"人民为什么把两个人看成一个人呢？"——在整理几种不同的浮士德形象时海涅说。"人民"的倾向或惯性是：把不同的、所有的人都看成同一个人。而且，这也同人民有"定义不知道之事"的特性有关。简化是"人民"的根深蒂固的冲动。在海涅版浮士德结尾，民众在魔鬼的恐吓中当即扔下浮士德，全体躲进教堂。教堂抑或"虔信"在这时（又一次）成为"人民"的归宿。当浮士德也想躲进教堂，举步欲走时，他却被一只从地下伸出的手紧紧拽住。随即，浮士德被女版梅菲斯特变成的巨蛇当场缠死，地狱中的历代掌权者们也从地下冒出来，围着他，大肆嘲笑，跳起圆舞。

海涅在陷入病痛折磨的生命晚期写了许多关于青春状态的诗作。世界的青春时代并非一种往昔存在，而是随着人类变化重复产生的需要，是一支反复出现的催眠曲。在终其一生独特的诗艺创造之后，唯一的挽歌，是这支关于重返青春状态的催眠曲。这些诗促使读者观察：在对青春的看法上，作者的贡献是什么。这也许可以帮助理解：在今天，怎样看待青春问题。怎样理解作为劳动力资源和反抗资源的青春，以及，制度对青春的管理。

2012.9

一些对话

——人们理解的"诗人"经常是彼此冲突的，所谓"他之生即我之死"。到目前为止我觉得这是生活的一个理由：一个诗人可以单独去经历世界和世界文学，形成自己的精神系谱，他应该是一种个人复兴。对于我，一半的他正在接近失败，另一半的他正在接近新事物。他可以尝试种种事务和职业，可以不断变动生活与关系的见识，可以有点钱，但是他必须创造一颗罕为人知的星球。

——我这一代（20世纪70年代出生）许多人基本上是些自学者，在想写的东西、在思想和想象力什么的方面，接触到的基本上没有一个人能产生可以称之为影响的影响。当然，生活中其他方面的影响也很多，会因为朋友而喜欢吃某些食物、喜欢某个地方、得到某些影响自己的想法的信息，或者喜欢某些种类的酒。

2012.4

张见：袭人的秘密　71cmx51cm　绢本　2007

诗 选 Selected Poems

张见：蓝色假期之一　70cm×50cm　绢本　2013

王家新诗选（6首）

彼得堡诗人库什涅尔①

库什涅尔，一个长得
酷似曼德尔施塔姆的彼得堡诗人
（真的，什么都像
包括他那犹太人的鬓角）
奇迹般出现在我们面前
在这个盛夏，在他夫人的陪伴下
给我们带来冰雪般的亮光……
库什涅尔，一位严谨而高贵的诗人
生于1936年9月14日
就在他出生两年后的冬天，曼德尔施塔姆
死于押送至远东集中营的路上
（他留下的最后两句诗是："黑色的夜，
幽闭恐怖的兵营，鼓胀的虱子。"）
几乎是在同时，阿赫玛托娃在寒风中排队
等待探望她的牢狱里的儿子……
那么，我们眼前这位诗人是怎样长大的
猎狼犬是否扑上过他的肩？
他有幸躲过了什么？

---

①库什涅尔（Alexander Kushner, 1936—），俄罗斯著名诗人，生于彼得堡，他继承了白银时代彼得堡流派的诗歌传统，布罗茨基生前对其诗评价甚高。

他是否受到命运的特殊眷顾而不必
像他的朋友布罗茨基那样被斥为寄生虫？
我们不知道这一切。我们揭不开
那一道铁幕。我只是听到
他在不停地对我们说"生命是一个恩赐"
他满怀激动，比画着手势
好像是一个从地狱里出来的人
要尽情地赞美阳光。
那么，是谁的恩赐？
真的是诗歌吗
是我们这些人所谈论的诗歌吗？

过扬子江大桥
——给伊尔玛·拉库萨[①]

一派苍茫自天边涌来，
你已知道这就是"扬子江"。[②] 你凝神看着
并回头问我它从何处流来，
"都说它来自青藏高原
唐古拉山脉南侧，
它穿越了大半个中国，
但无人可以告诉你它真正的起源"
（如同我们一再谈论的翻译，
如果有那么一个起源，
它也消失了……）
中秋时节，一辆面包车载着我们
从镇江到扬州的大桥上驶过，
沿江上下的那些船已不是
载着李白或杜牧的船，
它们航行在另外的时间；

---

①伊尔玛·拉库萨（Ilma Rakusa），瑞士德语著名女诗人、翻译家。
②扬子江，本指从南京以下至入海口的长江下游河段，由于来华的西方传教士最先接触的是这段长江，遂把长江通称为"扬子江"（Yangtze River）。

你来自的瑞士雪山上最初的溪流
又消失在何处呢?
也无人知道。而望向你侧身遥望的方向,
我只是希望我们能够不断
从这插向茫茫时空的桥上
驶过,驶过——

夜宿黄河
　　——给H

我们来的时候天已黑了
那条大河就离这里不远
也许拨开苇草就能看见
河汊里的那星渔火
它在枯水期里如此安静
好像从未发出过传说中的咆哮声
但它会和我们的语言共存
它就属于那个沉默的幽灵……
就在这里住下吧,桂花芳馨
夜色如主人般殷勤
只是,我听到了一声"嘘"……

在常熟
　　——给C

先是风,吹起湖中的波浪。

然后我看到垂向湖面的枯黄柳枝,
一团乱麻中挣出些许绿色。

甚至连空气也变了——
这苦寒中的一丝甘甜。

2月4日上午11点58分，立春——
这属于上帝的准确。

而你径直走来，就坐在我的对面，
我看到了你眼中的光亮。

罗卡角

> 陆止于此，海始于斯
> ——卡蒙斯

一道海岬在这里挺出
玄武岩的船头，花岗岩的犁铧
迎向扑来的狂风和巨浪
（更远处只是一片白光）
而我如何在这里站稳
当我的衣角像蓬帆一样被呼呼鼓起？
我不得不像个水手一样
在这令人目眩的悬崖边上
再一次冒胆练习着平衡——
左侧，是一只悠然飞过的粉蝶
右侧，是我一生要抵抗的吸力

晚间，一则回忆，在一位白俄罗斯女作家获奖消息传来之后①

在网上多看了几张照片，忽然意识到多年前
我和她还曾在斯图加特山上的孤堡见过面——
那时她从柏林来，
一个在她自己的国家被禁的作家。

---

①"白俄罗斯女作家"指2015年诺贝尔文学奖获得者斯韦特兰娜·阿列克谢耶维奇（Svetlana Alexievich）。

她的房间里，满地是空伏特加酒瓶子，
她的眼中，跳动着小火苗。
她卷曲的黄头发，也有一种烧焦的味道。
我们在一起谈了什么？——阿赫玛托娃、茨维塔耶娃……
她给我看她画的画（而不是她那些被译成德文的书）
她约我到森林里散步，
我抬起手腕看了看表，心里不禁一颤——
已是晚上十一点多！
我当然未能与她一起在森林里漫步。
我没有那种深入黑暗的勇气。
我们，唉，我们这些懦弱的人……
现在，真的是你获奖了吗？
还是茨维塔耶娃
依旧在她的捷克的山谷间孤独地游荡？

陈东东诗选（2首）

宇航诗

> 永恒的太空那晴朗的嘲讽
> ——马拉美《太空》

I

大气是首要的关切。航天器不设终点而无远
它过于贴近假想中一颗开始的星
新视野里除了冰脊，只有时间
                        尚未开始

它出于鸿蒙之初最孤独的情感。在山海之间
发现者曾经晏息的小区又已经蛮荒
幽深处隐约有一条曲径，残喘于植物茂盛的疯病
追逐自己伸向尽头的衰竭的望远镜

黄金云朵偶尔会飘过，偶尔会堆砌
突然裂眦：潭水暴涨倒映一枚锈红的
月亮，瞳仁般魔瞪操纵夜空的太空之空
宇宙考古队拾到了传说的钛金储存卡

那么他死去也仍旧快活于曾经的恋爱

当风卷卧室的白色窗纱，精挑细选的镜头
对准了窗纱卷起的一叠叠波澜，波澜间冲浪板
锋利的薄刃，从造型嶙峋的惊涛透雕宝蓝色天气

这不会是最后的晴朗天气，然而最后的影像显示
扮演恐龙者全部都窒息。防毒面具换成航天盔
他隐约的目的性在星际幽深处，因遨游的
漫荡无涯而迷惘。当他的身体化入

共同体，他无限的意识不仅被复制
也被彗星拖拽的每道光携带，摩擦万古愁
或许出于思绪的延伸（像一条曲径）
被切割开来的黑暗未知如果是诗，没有被切割

永不能抵及的黑暗未知之浩渺就一定是
而在眼前的新视野里，发现者尚未开始的又一生
已经从储存卡获得了记忆——另一番想象
来自前世的一个夏天：斜穿过午梦闪耀的宁寂

大人带孩子参观动物园。鸟形禽馆栖于阴翳
粗陋的铁栅栏，挡住麒麟和外星独角兽
"肉鲜美，皮可制革。" 标牌上刻写
精确的一行字，曾经，也是诗

II（前传）

但只有水暗示生命的诗意；只有水
令横越沙漠的骆驼队狂喜，令巨大的猜测
在万有引力场弯曲的想象里
穿过宇宙学幽渺的针眼

              未必得益于超距之戏
倏忽，他成了超弦演义里独自弹出的那个
百夫长，航天盔忧郁，弧面映日也映出书生
由光谱演绎的液态幻象。人造卫星九霄里繁忙

把地狱消息又折射回人寰，空间站废置的
时间机器，依旧逆溯着枯索的商旅
直到干冰以绝冷雕刻的虚薄印迹
显现其化石于无何有深处的或许的证据

但只有水暗示生命的诗意；只有水
将种种假说演化为镜像对称的另一粒地球
悬挂在从他的盥洗室舷窗最方便摘取的永夜枝头
他伸出的食指如果去触探，他也被触击

无极之寒

搜括仿似巴洛克音乐速律的脑电波，冻凝一支支
将会比蝴蝶更炫耀地展开的幻影赋格，铺设进
星际人彩排的神圣轻歌剧转烛的复调

忘了是在哪一轮未来，很可能他已经踏破极冠
要么登上砾岩之丘，去俯察几个滚烫的撞击坑
并不能确定，那里面是否有珍贵的涟漪一闪念
消失，连同荡漾和平复的质地，连同

消失的映照，反向映射不眠的天文台
为企望往生发明又一种往生的企望——但只有水
暗示生命的诗意；只有水引起没来由的干渴
要是不以涸竭为预期，他挑衅时空曲率的步点

就又得移回火箭样式的妄想巴别塔
忘了是在哪一轮未来，变乱的语言也念叨着水
他所摹仿的虚构的发现者，浮现出来，摹仿着
他，透过盥洗室舷窗的黎明，递送宇航诗

汪伦的回应

五十四岁了他还在玩
到泾县已弄不清今夕何夕，但还想玩

有人走进酒肆，从敞开的座头
注目码头。有人用铜钱和竹签占卜

再过一年，国破；再过三年或许遭流放
再过八年此生和篇章全部都交付

那些诗行却也是来世，谁诵读，谁就漫游
就恍恍与之去，举杯销愁愁更愁

又坐到酒馆窗前的时候，有人赞叹月下飞天镜
而他继续玩，乘舟将欲行。二十六年不复！他记起

当初送友人直至碧空尽，如今反过来
他要为送行者去唱欢乐颂。他想象当初

（二十六年不复！）在一间英国人遗留的办公室
有人写坏了几支圆珠笔，未必不知道浮出纸面的

其实是他的言辞之倒影，那些倒影里
云生结海楼，而宇宙回廊间鸟道盘旋

纠缠意义交叉的天气。当暝色入高楼有人继续写
思想正高飞，手可摘星辰；如今却乘着超级升降器

疾疾落下来。有人走出了玻璃摩天塔，他返身仰望
塔尖刺穿往昔的太阳。他的眼睛被强光晃到了

这样就不用仰望第二次，不用错视加错视
看见有人在消失，没入地平线就像他自己

孤帆转到了另一颗西沉的太阳背面
那么我依然踏歌，他已听不见

要是有人依然赞叹，路过青弋江说一声
桃红，那么我就对之以李白

车前子诗选（11首）

公 园

治疗狂躁的药：
鸟兽散。
政治，如公园这段时间——
到了吃晚饭时间。

——

（不一会儿，
这里高谈阔论，歌舞，幽会，
被描金的景德镇和盘托出黑石榴。

——

（吐出贝壳夜空，
蹲下，与仰头的慈善博士，
假山洞里共进晚餐。

（他们共同宠物！
他们：
前腿直立，
尾巴举过头顶的寻血雨伞。

——

在树影里，黑石榴，
嗑着葵花籽旁听，
你要菠菜，"是，主人，萝卜。"
前腿直立的太湖萝卜。

然后遁形。
直到仙人飞满蝴蝶斑，
乱云翻身！

然后苦闷在树影里的黑石榴。

——

（游来的夏季，刚进公园，
就被树影里的秋天活埋。

藕 像

> 他们消灭不了你
> ——题记

是一种天气，
浑身光溜溜誓言，
贴紧淤泥，
神交多年，于是心怀鬼胎，
发明——开窍人子，
花枝招展，
占据以泪洗面的、黑暗自闭，
乱成一片地盘。造桥，
他们让像经过，
几块甜食空中掉下丝绸，

胳膊挎着仙女。
（污泥里的藕幸灾乐祸，因为
　　无用？对我不无自豪的愧疚，
它油然而生。
断。
桥倒塌，价值不菲：
这光溜溜的、喜滋滋的仇恨，
会劈开吻——会做善事：
肌肤之死，身体才有感觉，
胸前一阵风声，
像野兔耳朵对天使上瘾。
断然。
绝交于——
某个时代总有某些片段：
一刀两断的夫妇，
彼此占山为像，对偶在精致棺椁，
让时间担心，
不错，曾祖父老城区滴翠一个人民公园，
用胎儿体温，炒热
　　黑暗子宫，
孕育伟大、黑暗，四脚落地，
雷声隆隆在红唇，
毛发像水渗出。
只有恐惧能够让大无畏还乡。
今年，
不速之客横卧失礼的钢丝床，
有无母性，有无锦被，
盖上挺拔的头脑？
有时候，湿漉漉的钉子一晚做梦，
模仿钉子的灯塔羞愧得
　　死无葬身之地。
离开潮润、絮语，
躲到夫人怀抱铁锈，
观念菜篮子装满不朽食色，

深思在庭院，失足岗位，
像杰作，和糯米社团。
很想在纪录片的屁股上拍一下。
集市中，在打价格战，
因脸谱化获罪，收到病虫害发出的
　　警告，
只能赞美
　　吴侬软语的——雪臀——谁热爱骚货，
她，折叠
　　伤荷的流苏两腿，
靠边站，"哗啦"，留学苏维埃轮盘，
唯命是从的地球上转动
　　最早的赌徒，是僧侣，是苦行，
甚至洁癖天鹅也只以癞蛤蟆为食。
从何而来，就这样，
来开花会。
（黑藕，白藕。
藕，绝交于藕断丝连，
现在归于无色，
姓名是一种有色金属；
像，在黑暗子宫，
是一种天气如此温柔
　　嫩芽的洞穴里，一个人民
公园的黑暗子宫，
睡着熊猫。
建国以来，私有化的藕，
采摘一空，偷香窃玉的相片集，
留下臭水池，
命根在世上像一支支钢笔，
全是分类与蜻蜓点右键，
选择格式相似的文本，
粘贴到水莲花乳头，
不幸成为庆典。
锁链跑来换防，"哗啦"，一根稻草运气，

是离开倒霉鸡蛋，去
　　救命。
不过河，断桥上的两地恋，
至今还是妖孽。
旧地重游的未来女人，
根据男性、不可靠手书，以及
　　快乐指数，
造塔。
历史不写色情小说，但是
　　是一个妓院
无法公开的账目。
（谜底市场化。
而
　　藕，你的修道院像机关枪横扫，
圣人影壁上无以复加的千疮百孔，
更改这污秽内部：白色潜艇，
就是畜生也不甘寂寞，
良心尚好巡游，
所以断，断然，断然绝交于
　　下注。
藕，你的修道院睡着熊猫。

无诗歌

今天晚上，月亮瞪视我，
我快到井底的时候，
听到它的咒骂——哎，如此动听。

而其中夹杂另外声音，
郊区火车，
在伸出被窝的灰膝盖上拐弯，

人类没有远方。

"生命之深，淹不死你们。"
鱼到这里产卵。

我想月亮上有个青草王国，
这只吊桶就是冷黑宫殿。
如果有，它的咒骂——哎，一阵虫鸣。

"生命之深，不会淹死我们；
每天晚上，
去井底彻夜长谈。"

碧　玉

威胁着葱郁庭院中的太湖石，
大圆石从北方来。哦，俄罗斯妈妈，
你压坏大运河下游小家碧玉。

杯水颂

她走到屋后升月亮，
通体晶莹地复返。
（仿佛趴在墙头的孩子。

寻常看不见
　　锁深衣柜的古国，
一截又一截琉璃，认养的铃铛，
言教层层海水，几乎，
没有停歇。

文明树立挺胸的枝条之上，
彩云间，风范渐进，
有时俗气——景泰蓝，

从辽阔的土地端出杯水，
我们
　　　喝光水，咬着如杯的骨头。
（"你好！
不会上瘾。"

精神制造的阴影。
阴影成材，流矢的朱砂，
在亭榭，
菖蒲挑剔汀溪，
向握过杯水的手掌邀宠；
阴影，是外套，也是内衣。

她走到屋后升月亮，
辟谣之余，
朗朗乾坤安排躁动的响尾蛇，
它头脑
　　　比公园长椅宁静。
积德的事——从辽阔的土地端出
　　　精神制造的阴影，
像她升月亮时换肤的花衬衫。

童年颂

白色石头。

丢入盆中白色的石头，
来自拾遗卵石。

丢入盆中，
清水挠掉白色之痒，
晦暗，黯淡，
变得小公园，

无可名状的兴奋与惆怅。

看着月亮升起，
并不总是贪玩。

无诗歌

自有安排。这青山，
这青山中的小村庄和墓地，
这墓地，广阔一如苍天，
这树，这油菜花，蚕豆花，栀子花，这稻田，
这树下的荫凉，"我们出汗"，
这拿手的外套，这苗条的身材，
她在前面升起炊烟，
这世界，屋顶。醒来，
这世界。

安详——这白米饭；而筷子：
想象的礼仪中保持肃静。

餐桌上有多少只碗，自有安排。

无诗歌

祖母之针被一块磁铁吸引表面，
躺在等待裁决的布上。

我丢下一滴水，刺猬出汗，
严冬到来，晶莹的小鬼不见——

在明信片上遗失：
邮电所。"秘密，像名作"。

这块磁铁建造着——针的博物馆，
而内心收藏，如果有，或许只是一滴水。

参观的翻译家说，他通晓多国语言，
就是为了和母语离婚。

"命运的针眼里穿过孔子"，
智者，这一滴水悲凉。

无诗歌

在的确之中醒着，
左右逢源，
直至吸完前朝的血。江河，
在海洋里——宇宙的经络惨无人道。

人　迹

帆船摆布的白沫心荡神驰，
但是人迹。
窗帘拉开海面，破晓，但是人迹。
一只意志齿轮。
鲜红的天道捆紧参展花束。

淡水在荒岛，但是人迹趟过树丛，
飘荡的纯毛裂缝，
乱麻蓄意。

（大自然不蓄意）

（大自然，没有学问）

（只有大自然没有败笔）

胸口楼台无限。

城镇，
剩下太阳淌过树丛——
淡水微弱的派系。

它椭圆的形状

它椭圆的形状，
也是圆满的。
听到允诺，收集无用的桃核。

岛屿，来到陆地。

明天的工作：衔泥，
变小的日子筑巢，双手摊开，
雕梁画栋，像燕子，
往返，叼着一根枯草沿海——

掌中，
不明的、
波澜壮阔的命运线，
仿佛弯弓可以射来单薄身体，
有人发现而且尖叫，
而且撑着苦海之船。
有人发现而且尖叫：
"爱！"

——

重重撞击着翅膀的海面，
那里，集团阴沉的阳光。

听到允诺，这陌生眼睛，
这不速之客，
这甲板，
明亮湿润的，一蓬摇绿。

——

告诉你，我已在桑树底下。

枝头，一片桑叶，
它吐丝，
一段历史尚未说清，
收集无用的桃核，听到允诺，
一只白净的茧就来包裹……
死亡的思维之茧。
致虚桃花，
蚕食水。

永生于一回又一回死亡。
明天的工作。

——

它椭圆的形状，
也是圆满的。
并不悬念枝头。
告诉我，人间再次在桑树底下。

蔡天新诗选（10首）

穆塔纳比书市

在开罗写书
在大马士革印刷
在巴格达阅读
这是一句古老的俗语

一条数百米长的街道
布满书店和咖啡馆
人们在书籍之河上漂流
有时围着漩涡打转

一枚汽车炸弹的冲击波
使得读书人血肉横飞
从此人丁稀落
车辆被禁止入内

如今我又见到书摊边
两位男子交换阅读
手中各展开一页诗篇
写着《古兰经》的语言

　　　　巴格达，伊拉克

夏　天

夏天又一次如期而至
她依然灿烂如花
只不过改换了地点
我们相见时彼此矜持

一身蓝衣，披着白色的纱巾
耳垂和秀发包裹得严严实实
可我依然一眼认出了她
散漫的睫毛犹如耀眼的红土

我是没有船只的水手
只有天空、海洋和辽阔的风
还有一颗自由自在的心
沿着峭壁寻找玫瑰与刺

　　　　　　贝鲁特，黎巴嫩

红瓦的记忆

在天蓝和海蓝的包围中
最耀眼的是一片片红瓦

我忆起中国北方的那座海滨城市
她的啤酒和爱情曾经让我陶醉

白昼结束以后，留下了些许纪念
犹如沙滩上的贝壳和藻类

在下一次见到她之前
会有多少个白昼已经逝去

　　　　　　贝鲁特，黎巴嫩

超　速

一个陷阱被揭示——
在通往死海的公路上
雷诺汽车被举牌

我渴望造访耶路撒冷
但现在不是时候
这个夏夜，鸟翅折断了

对岸零碎的亮光
仿佛滴血的身体
无声地落在天空的幕布上

在这片低洼的谷地里
星星可怕的遥远
无论如何追赶不及

　　　　　安曼，约旦

死无对证

那么多死骨堆砌在一起
甚至来不及准备棺木和坟地
头上是一片红土的操场
孩子们在上面踢球玩耍

在一次情报失误的轰炸中
妇女和孩子们纷纷躺下
关于数字，双方各执一词
那似乎是一个不解之谜

而在几个漫长的雨季过后

地上终于开出了小白花
围绕着操场，像一群观众
欣赏着天真无邪的演出

贝鲁特，黎巴嫩

纪伯伦的故乡

他的故乡在北方省的山区
那里耸立着基督教的礼拜堂

整座小镇建在山腰的悬崖上
低矮的民宅环绕着塔尖

那里远离尘世的喧嚣
夹竹桃漫山遍野地开放

到了冬天雪花挂满枝头
犹如先知的临别赠言

可是他的心早已远走高飞
即使浩瀚的大海也难以阻隔

贝鲁特，黎巴嫩

外高加索

仿佛女人的秀发包裹在头巾里
你被挤压在一座高山下面
在黑海和里海的水波之间

岁月流逝，我的生命又将添加

新的名字，犹如一些虚设的头衔
或从不拨打的电话号码

落叶在地上枯萎而非空中
无花果也终将在秋天死去
在它的幸福和它的遗憾之间

　　　　德黑兰，伊朗

长　椅

从前我在一张长椅上亲昵过
小红背心后面有一只伸开的手

如今我独自一人端坐在海滨
眺望着天际下那一片湛蓝

它是那样宁静，从不折射阳光
我偶尔扭头去看她披散的长发

她没有吱声，脸孔埋得很深
像一只知了粘贴在树枝上

　　　　贝鲁特，黎巴嫩

独自一个人和上帝相处

我乘早班飞机到了南方
然后不停地北上
变换着交通工具

白天一幅火山喷发后的景象

光秃秃的群山
见不到一棵青草

夜晚唯有零散的灯火
闪烁在不知名的村庄
为我的记忆设置障碍

我把诅咒和祝福相互交换
我南下是因为我想
独自一个人和上帝相处

　　　　　　设拉子—德黑兰，伊朗

天堂广场

从我的玻璃窗口望下去
确有一只鞋跟的残留部分
粘贴在圆柱形的石柱上

我本不会留意到这一点
倘若无人告诉我广场的名字
它与那座蓝色清真寺同名

我想起多年以前的那个黄昏
一尊巨大的塑像被轰然推倒
那画面迅速传遍了世界

　　　　　　巴格达，伊拉克

沙马诗选（1首）

空白的自画像（节选）

一

妻子坐在暗淡灯光下
织毛衣，我觉得
该对她说些什么。说什么好呢？

漂亮地活着，自然地死去
从零开始，有一个来世。

她弯曲的身体露出的一点空间
仿佛是为了
向残存的日子打一个问号。

二

虚无的下午，或
下午的虚无。
远处，我被一只乌鸦看见。

我想回避，但迟了，
在它的眼神里，

我，还是我吗？两个下午比
一天漫长。这只
乌鸦怎么闯入我具体空间？

三

站在工业门口，受到启发，
活在新的物质里
一个仁慈的人向我说出了庄子。

我后退几步，欲望
在手上颤抖。

心与躯体，构成不恰当
的距离。窗外
一只鸟，从自身空虚里飞了出去。

六

山高水远，远远的我
离开了此刻的我
人，叹息一样的短暂。

安宁下来，从汉语里
感受一颗隐秘的心。

用一寸，接近一尺
我惶惶然。
生与死，一隐一显。

十二

寓言里有老虎，可以说给
孩子听，可以
虚构他们需要的东西。

错过那个晚上，孩子们
一哄而散。

再打开书，寓言里的老虎
也老了。故事是
以往的事，要理解这些。

十三

新的一年，宿舍区的人们
见到了面也
没什么新的问候。

我独自回到了房间
触摸陈旧的书籍。

知识里，一些优秀的人
死得寂寞。在
精神里垂下了双手。

十五

晚年的心，在经验里
暗淡了下来。
枯叶里，还有点儿绿色。

一秒擦过一秒，留下
一世的痕迹。

而讲述蜉蝣的
一生，只
需要人的一个夜晚。

十七

黄昏的蝙蝠飞得有点乱
引诱我在
苍茫里寻找一个中心。

为了生活啊
都想获得新的秩序。

我，能否回到孩子的
形式里？能否
用灵魂接近他们转动的风车？

十八

呼吸之间，人是一个
幻觉。手里
的事物，过于短暂。

人们在一个岔口
自然的分开。

回来的，是一个个
幽灵。歧义
混淆了人与人的界限。

二十

家庭里三言两语
不着边际。
孩子，快乐而贫困。

妻子的乳房，
在物质里苍老。

弯曲的睡眠里
梦，给心
一个小小的房间。

二十一

新的一天，姐姐
的儿子走了。
窗外飞进一只硕大的蝴蝶。

用耐心理解
X光里的阴影。

这是一种语感
说起来
姐姐还是言不由衷。

二十五

在事物里，我绕了一圈
又一圈。"○"的
后面，能找到"一"吗？

我，在一点点
地消失。

遗忘的东西，大于
存在。慢慢地
我画出了自己的遗像。

二十六

想了很多年
自己该在
词语里做个什么样的人。

不自觉中，我
喊出了自己的名字。

那个扮演上帝的老人
将他的帽子
放在我的脑袋上。

二十八

我对这个时代还保持了
一点儿惊奇
不是因为阅读了卡夫卡。

也不是因为萨特向我
提供的一面镜子。

我惊奇于那么多人慢慢地
离开了自身
走向猩猩们的家园。

三十二

有了过多的知识，经验
变得单薄
妄想，在一念之间。

一天，我离开了家
找不到依附物。

死去的母亲站在
我路过的
一棵树下，向我招手。

四十二

一个老人随手一指
我就朝
那个方向走去。

身后的孩子
也一样。

再回头，看见那么多
的灵魂在
蝴蝶的翅膀上舞蹈

非亚诗选（6首）

戏 剧

每天孩子们都会玩一种游戏

国王坐在大殿
发号施令

警察负责上街
维持汽车和行人的秩序

更秘密的警察
负责窥探
房间里恋人的言行

剧场的帷幕
在傍晚八点
准时打开

小丑，护士，撒谎者，以及玩手机游戏的少年
在舞台上滚在一起

国王在灯光转暗的时刻
观看猫和狗

老虎和
狮子
扭打在一起

欢呼声，从屋顶
冲破云霄

我一个人
偷偷溜出马戏店
在墙壁写一句

去你妈的

伺养蜂鸟的女人

她伺养那些蜂鸟
给它们喂食，墙头上
摆上给它吸水的瓶瓶罐罐
她的花园里种了很多花
各式各样
每天，蜂鸟们准时过来
在她的后院里盘旋，跳跃
吱吱喳喳
她透过窗口
从不去惊扰它们，当她外出旅行
她就把足够多的食物和水
放在她的院子
她把这些羽毛光洁的黑色精灵
当做自己的孩子
给它们起各种名字
就好像这些，是她生活中存在的一个个人
即使死去，也未曾离开

介绍自己

在一个有关诗歌的活动现场
我介绍自己

我，非亚
诗人
建筑师
一只老鸟

早年，是个叛逆青年

现在则收敛
不少

中年后希望可以
四处旅行
有好的
胃口

晚年
坐在炉火旁
仍可以写

并且写得
更加
有
趣

开阔

就像一条
不死的
河流

闯入者

雨下下停停，半夜和清晨
被惊醒两次
后来在梦中，梦见暴雨和狂风灌进
窗口，窗帘横飞
雨水湿了一地
我躺在床上
伸手去拉被子盖住身体
想到自己已经五十
什么风雨没见过
在平静得乏味的生活中
我反而突然
喜欢上这些粗暴的
闯入者

即日诗0528

晨光拍击你的脚底
一种醒过来的事物触动你的身体

在厨房刷牙，在浴室刮胡子
和洗脸

镜子里的你还带着一丝疲惫，梦像一只蜥蜴
趴在玻璃还没走远

渐渐明亮的光
涌进窗口
小鸟的叫声惊醒一个老人

你在梦里曾大喊痛快
那里的生活，犹如旋转的陀螺
晦暗又新奇

地板上你用力拉扯骨骼、肌肉与皮肤
一个身穿蓝色工装的妇女

用扫把清理这个早晨

电风扇发出持续的鸣叫
淡淡的阳光，冲出晕头晕脑的云层

昨日现实的罪恶就像一块又臭又硬的抹布
你洗漱完毕
低垂双手

独自一人，站在
房间
面向社会主义国家的一扇窗口

致某个同事，一个很清瘦的建筑师

他说他退休后就干些自己喜欢的
开车，去郊区的水库钓鱼
或者去公园散步
早餐后在家里烧一壶茶
上午他会看一会书
翻翻今天的报纸
中午简单地煮一些面条
番茄加鸡蛋外加
一些葱花
下午他会午睡
起床后继续喝自己的茶
顺便再看看书
一顿忙乱的晚饭之后他会选择
出去走走
看看月亮是不是还挂在扁桃树

和木菠萝树之上
他偶尔会给一个老朋友电话
大部分时间
他安心于平静的生活
午夜，他会在纸上写一些文字
或者到阳台上凝视夜空
当他站在窗口
他知道并明白死亡
犹如黑暗中不断拍击岩石的大海
在远处，散发出
哗啦哗啦的
声响

谭克修诗选（6首）

空房子

人们带着各自的秘密来到这里
有人被万国城名字吸引
有人为了中心广场的汉白玉雕像
有人为了凑热闹
万国城的房子越来越多
空房子也越来越多
每天慕名而来的人
被统一制服带到水池边洗脑
带进空房子咽口水
据说多数空房子不是空的
有一套毛坯房
被发现堆放着装满钞票的纸箱
有些房子搬进了男人和女人
还像是空的
就像今晚，万国城有一万个女人
透过一张窗户
张望凭空消失的男人
她们无聊地躺在空房子里
抚摸自己干涩或潮湿的阴户
当我的阳具在被子里擅自勃起
徒劳，和不道德感

把自己也砌成了空房子
又连夜拆毁
变成散乱的钢筋、水泥和砖块

废　墟

为结束和一个虚构的人争论
我下楼，走进黑暗中
发现一片废墟
像地毯，在脚下一路铺开
随着电梯上楼
替换了客厅和卧室的地毯
今早在锅沿敲破蛋壳时
不由下意识地检查
胯下的蛋蛋是否完好
早餐后，我不再理会股票的死活
下楼去调查废墟来历
万国城的房子和道路都是新的
十余辆黑色婚车排成一字
去接一个白色的新人
旁观者喜气洋洋
谈论一场世界杯赛事的裁判
吹掉了所有无意义的进球
围墙东侧，有一个衰败的村庄
墙上都写着"拆"字
民宅改成的按摩店生意还红火
一群人在樟树下搓麻将
一群荒草热情地随我四处走动
带我来到万国城围墙根
围墙是新的，也被写了"拆"字
我发现，这并非恶作剧
围墙的设立，也是为了倒塌
当围墙终于倒塌

围墙东侧的人，将在我的位置
探过身子，被西侧的荒草接待
在废墟里寻找我的踪迹
但除了一些21世纪初叶的避孕套橡胶
他们什么也找不到

1995年记事

多年来还喜欢海口可能是因为
四楼租住的三位北方姑娘
那一年我刚毕业，和同事住在三楼
谈论房地产泡沫的疯狂和破灭
给石梅湾编制另一个泡沫
或瞎逛，对着大海胡思乱想
填满那一年记忆的是夜晚的各种感官
感官美妙的四楼姑娘，如果没有
夹带回用夜色掩护的男人
就会和同事们吃夜宵，玩麻将
那时我分辨不清，他们承诺的
某个赢钱时刻，把我的羞怯和冲动
拖上楼去交易，是嘲笑还是奖赏

精神病院

丈夫在建筑工地死去不久
邹碧容就爱上了其他男人
看见陌生男人也跑过去
牵他的手，说，我们做爱吧
给她看病的都是女医生
她在精神病院住了半年
病情也没见好转
医生说她烦躁的时候

就会喊叫——
世上的男人都死绝了，我想做爱
她今天情绪不好
我只能隔着玻璃看她
用樟树上几只临时造访的麻雀
接受她的倾述和痴笑
精神病院的对面
是天心钢材大市场
那些螺纹钢、槽钢、角钢、工字钢
以及各种管材、板材
一直忙碌着，发出尖锐的呼啸
正好被我和她的中枢神经系统
凌乱地收纳

酒店的被子

酒店的被子应该去教育
我在电梯里遇到的中年女人
用香水盖住体内的异味

我想写的另一个女人
我怀疑她身边睡的不是某个男人
而是这座城市
它才会在每个街角安排大块头
凶狠地扑过来，压着我

它先用潮湿的棉絮压着我
我觉得那是一块厚实的乌云
正在酝酿气象员娇滴滴
声音里的那场暴雨
为安全起见，我将右手窝成斗笠
盖住自己裸露的私处

在梦里我有点猥琐
这也没什么好羞耻的
在自己梦里演一个猥琐的流氓
或道貌岸然的流氓
总要胜过去她的梦里演男一号

结局依然是，我受到了惊吓
阳光已在敲打窗户
潮湿依然淤积在乌云深处

床前明月

万国城用两场雨下了一个月
让我误以为古同村的月光
能搅动木桶里的豆浆
二十年前的月光
能敲碎女生宿舍的玻璃窗

也可能是因为上月某夜，我见过
生锈的轴承、螺丝、轮子、金属网
从月球车上脱落
重新组装成一辆坦克
顺着月光向我开炮

之后我就准备花一个春天
不看月光。无论天晴下雨
都自己解决月光问题
把姑娘小秦，改名为明月
每晚把她脱光，白花花铺在床上

连晗生诗选（5首）

去上课的路上

就像许久以前，汽车颠动着，
和熙的阳光抚慰着
田野，无穷岁月的土地……奔跑的景色
在窗前农妇的
瞌睡，和静默者散淡的思忖中
抖开轻盈又
难言的真实——就这样，忘却了
呼呼的风，歪斜的芭蕉叶，石棉瓦房，
进入内心幽深的
林荫路：几个
背着书包的小学生，像麻雀
跳跃着；一条狗
摇晃尾巴，嗅着路边的草丛，
寻觅着什么——就这样，跟随面前骑摩托车者时快
时缓的后背，领会此地的风光——
交接而来的食肆，
加油站，敞露又颓败的桌球台；
树荫遮蔽着汽修厂
幽黑的车间，转弯处的叉路展开新的视野——
河水在远处流淌，
云朵在天边扬起——就这样，又来到那片熟悉的开阔地带：

像苹果般被掘土机
啃去果肉的红色山岗，一棵孤树在上面摇动——
新种的菜地散发着
温湿的气息，池塘边颤抖着瑟瑟的草叶……
当车子再次越过那些
被阳光烘暖的
沿途的民舍；然后在人声鼎沸的
集市拥挤，我想起将要
给他们讲起的
达·芬奇和丢勒；同样在时光远景，还有那个
我曾深爱过的人，
啊，多么奇妙！仿佛从未认识，
从未痛苦，彼此
行走在无声无息的人世间。

梦或醒，尤利西斯

鼓起的帆，绷紧的雨丝，
一个个岛屿；
站在船头，
白昼的洗涤：
在诸如此类的跋涉之后，
我见识了人类，明白命运和它的安排；
但还如翩跹的蝴蝶，
在时光之海——
你是远处的一个小点？

秋 千

我能听见海潮的涨起，来自
蛮荒的大脑，拍击
拉长的日影中

麻木的双腿。而明净的前额，预知

这一切终将过去？时间的船体，即使膨胀

撕裂，一旦越过，无影

无踪。但是感觉头皮灼热，仿佛有

成万只蚂蚁在行军，

眼眶刺痛，像是被烟熏；喉头

干渴，难忍，吞咽着；思索着

身体神奇的

反应，化学过程，血液中血红素的变化，

脑电波千百次的放射，触动腺体。因为早熟知

其中的奥秘，早了解其中的原理，

早明白要经受

这些。——而眼睛，在寻找什么，景物的安慰？小学门前

凝滞的树，攀贴在楼房外面的空调机，

街道上，那个渐行渐远的

下班的女人？……当那条摇摆着的狗

嗅着低处的气息，走近我们，

不会察觉这些；当那个嘴里喃喃有词的人

摇碗邀请，站着面前

不会知道这些——我们没有什么可宽谅的：我们

太喜欢通红的眼睛，

鞭子的辛辣，太喜欢刀刃划过

肌肤的感觉……微风缓缓吹拂，此刻仿佛时光的经过；

但抚摸我们脸庞是

另外的莫名的东西？几个小孩在我们面前，

玩着滑板，大喊大叫：

宣告他们的领地。算命者在那棵树下正对两个

年轻女人说话（旁边那不识相者

动辄发笑，揭穿他的把戏？）；穿黄色僧衣者捕捉

前来的香客，赶紧

递上一小玉饰——我们没有什么可以辩解的，没有

什么可澄清的，一如他们——我们早已明言

无所后悔早已坦诚

愿意承担！（是什么在呻吟：心跳得

更慢一些，手指抖得
更轻一些吧；什么在请求：更麻木一些，
更麻木一些吧）……奔涌的血液——像以往，
崩紧体内的堤坝？
席卷着，呼啸的世代，一万年过去；
像以往，预知青春已经
消逝，白发萌生，牙齿松动，散开……
——那么现在终于
愿意忏悔？终于愿意放弃，愿意接受，
愿意安静？愿意清理
眼前：微风，热量未散的街道，慌乱的树叶，
因注视而显得
缓慢的行人——这一些，还像以往；进行着。
未来还将如此？……那么现在终于
可以坐着，可以明白可以体会：这一切——
过往，现在，
事情，物件……连同凉茶铺那个
站着的女孩，连同榕树下聊天的老人，连同
空地上往后甩腿的
踢键子的妇女，连同远处地铁口麦当劳里的年轻人，
商场，日复一日流动的人群，污渍，
都是这世界精巧的安排，都有它
自身的目的，源于那
古老的痛苦，需要新近垂面默诵的经咒
一遍遍来平息，来抚复……现在你从淼远的空间
摇荡过来，放下孤单的翅膀，
坐到我的身边，
轻轻把头靠在我的肩上。

图书馆

你说，站在图书馆，确实很痛苦（喉咙干哑）。
面向山峰般压来的知识巨浪，我们还能做什么？

我们想说的话,早已
腐烂在书中那人的嘴中;我们的嘟囔或叫嚷不过是
黄金往世微弱的回声。
我们迷惑于自我设置的幻景,沉陷于
日渐围拢的流沙;挥出的手臂凝聚全身之力
而自知它们
只伸向无边的虚空,而活动的
燃烧的舞台并不为我们准备。
我们舍弃了金钱,
美女,职位,蔑视周围人尊敬的眼光;忽略星期天
垂钓的悠闲,肩上蝶的翩跹和花的芬芳,海边的阳光与轻风——
走在街上,罔顾身边的爱人
面向橱窗眼中
贪婪的星光;也未能对年迈的父母表达只是在
电话线中的吝啬的爱——就为了
我们的姓名夹在
两本厚厚的书间,就为了让一个穷经皓首的学者
为了显示学识而
搜寻到——我们体味物的悲欢
斟酌人的离合而谁会明白
此刻我们
无端的愤怒,谁能理解今晚
灯光下的苦吟——这太残酷了!我们毕生的努力,
就可以让一个额头明净的年轻人
在一个安闲的下午
读完,而他还惦记着夜晚的约会——当美妙的光线,
撩动月季花和窗台边
他光洁的脚踵。我们装作不在意掠过
我们书页的
珍贵的眼光,毫不关心
可能谈论我们的话语(很奢侈),
——我们把自己
埋身于人群,身着普通人的服装
忘记自己的形容也

泯灭了必要
表达的意欲……但是在夕阳西下的
回家途中，夹着公文包，听着
公共汽车的
轻微响声，望着暮色逐渐
覆盖的郊野的草，确实想起了点什么。

雨中的观察

车辆经过乡下菜市场
继续行进。淅沥的雨点溅打路面，
周遭变得模糊：
通讯器材店，银行；

摩托车手藏身于
公园下的树荫，柜员机前的队列
逐渐稀疏，避雨的人
躲入商场——

日复一日，我在
浏览这个图卷？日复一日，
我给予他们
静态的痛苦？当他们还像往常聚散——

树木在生长，
而在此之上，莫名流动的气流。
——其实我们都需要导引。
其实我们都在

迷茫中等待？其实想要的东西
都一样；那么写到脸上的
就是水面倒映的
天空的模糊？树枝在摇晃，如果我

没有对围住我的雨丝
神秘地着迷；如果恒久的目光——移动
犹疑的手指，触破面前
意念的薄膜？

全新的光芒向我弹开——

桑地诗选（9首）

割草人

在蓝河岸边的坡地上，低头割草的人
默不作声，青草的味道
有一种，让他着迷的诱惑

他已经老了，可是眼里却充满了
秋水的闪光。风从背后吹来，从镰刀上
划过，吹至如烟的天地间

割草的人，停下来，望着水穷处
像时间随意播下的一粒草籽
在命运的风里，翻阅着自己的喜悦，与哀愁

在蓝河一带，更多的人，甚至每一个生灵
都和割草人一样，草香会使他变得多思
或者，没有来由的沉重和忧伤

那一年

那一年，我们骑车穿过县城
去五十里外，苏轼长眠的地方踏青

我们朗诵，歌唱
松柏间的和声，犹如小河在淙淙流淌

那一年，我蓝色的心事
如烟，恰好遇见米沃什的《礼物》
坐在长长的河堤上，眺望蓝色的远山与大地
那份莫名的情怀至今还散落在我的笔尖

那一年，在向晚的钟声里
我看见你安静地，从水杉树下离去
秀发吻着暖风。我恍惚觉得
青春平静的祭酒，由你灌注

那一年，我在古老的城墙上沉默
天空湛蓝，白杨安宁
往事如昨夜星辰
坠落。而记忆，却紧紧拥抱着那不再归来的一切

在一张旧地图上看见蓝河

蓝河，我又看见你了
在一张微微泛黄的旧地图上
你没有消失，你像蓝色的血液
正穿过我的家乡，冢头镇
在守望的麦田边，淙潺不息

我灵魂的栖息地，世界开始的地方
我熟悉你的每一个弯曲
你五月的艾草，九月的野苇，我熟悉
你的春天，你漫溢的，连绵的蛙鸣
坡地上，此刻在齐声唱歌的
是年轻的白杨

我在悲伤的时候来到这里
在草木之间，生息之地
聆听那贫穷的风声，闪闪烁烁
犹如身后，亮起的点点灯火，而水
一路安详，去到了爱不能到达的远方

逐水而居的亲人们，所剩不多
仅有的，也将辞世
在村庄的黄昏，蓝河，今天
我又看见你了，你没有消失
你枯竭的清流又回来了，漫过
细砂和浅滩，再次走进渐渐深浓的岁月

葱 郁

比如开春，河面解冻的声音
比如归来的燕鸣
关于你的又一个梦
比如绵密的阳光、杏花，风吹动的秀发
柳树林守护着那未被说出的一切
天空很蓝。蓝河很蓝
仿佛听从于某种神秘的暗示
清流眷绕于沙洲，又不停地穿过春天
它曾是我言辞开始的地方
葱郁的思念短短长长
如今，它是我的一面镜子
在我离去的前夜曾照临过我
并最终成为我再也回不去的远方

命 运

院子里的矮墙下
你握着我的手，还很有力

但死神已经迫不及待
你为自己不能早死，而叹息
这可悲，但真实。我又看了看
你的诊断书：第二次手术
颌下多形性腺瘤，或，皮下实性包块
和你的名字，组成一份合同。此时
我多希望有一双神奇的手能抹去
这多余的部分，让你回到从前——
播种，收获，我看见你从松软的田埂上
捡回又一个踏实的日子，灶房里
你照例升起温暖的炊烟，柴草的味道
使你着迷。这些过去的好时光
如今，像彩虹，美丽
却难以企及，或者，变成了村庄上空
的一抹浮云。这就是命运——
穷人的命运。我和你一样
在它的阴影的笼罩下，心智茫然
只有默默地接纳，和顺从

将会有更加宁静的一天

将会有更加宁静的一天
我沿着干枯的河床，逶迤而上
我要看看是谁，是什么，使我们的蓝河
走着走着就消失了

它曾是丰盈的，它有浩荡的阳光、月光
它曾是安静的，它有温润的鸟鸣
和瓦蓝的天空
我的回忆，曾因它而温暖，或清凉

我要看一看这风婉转的地方
这鹤的家乡，百草的憩息地

植物们捎来芬芳的消息，现在，是什么
是谁，使它变得如此空荡和寂寥

我还要找寻我走丢的早年
在春天，我在岸边的柳荫里奔跑、吹响笛音
那时，我曾觉得一切都是那么自然
像头顶的天空，从不会消失

雪

今夜有雪。今夜的雪来自
家乡，低矮的天空
它使树枝更黑，使夜色发亮
沙沙声倾斜着，仿佛词语在私奔
唤醒意象和记忆
我喜欢这飘落的轻盈，肃穆的黑与白
我带着某种喜悦
进入生命中，这晚来的明澈

宽 阔

到了十月，家乡的田野就会慢慢褪色
大豆刚刚打完，高粱却生动起来
它们弯下腰，像是对土地表达敬意
清香灌满我心中的沟沟壑壑
有许多回，我独自穿过落叶的梧桐
听见籽粒的沙沙声
时而安静，时而喧哗
像流水延绵
把我的思绪带到很远很远的远方

多年以后，当我回到家乡

阳光，这秋天里唯一的光亮还会照在我的身上
风还会沿着北方的河流吹过来
我坐在田埂上，任凭坐成一小点黑
却再也听不到那宽阔的响声

大 风

大风吹过的时候
一切都变得安静、空旷
那个人独自走在如镜的大地上
看起来多像一枚树叶
被风收拢翅膀又缓缓放下
身边的堤岸上
百草倾伏，芦花十里，沉静而模糊
像是昨夜黑暗中的梦境
一直追随着他，渐渐有了苍凉的颜色
这些年，在他的生活中，不停地有风吹过
有时他手心很热而脊背冰凉
但都没有影响到他的脚步
这会儿，他在风中越走越远
他瘦弱的身体越来越小
仿佛走到了水穷处
又仿佛是回到了大风的中心

何山川诗选（5首）

寂　静

草木刚刚入睡。关于远方的梦大概才开始十分之一。
此时，星空高于屋顶而存在。
蚂蚁登临天堂，只需要沿着树干爬上去。
但我们不行。我们登临天堂需要在垂下来的星光里
找到天梯。
不远的庙宇只余下遗址。
钟声也许嵌进了石缝，此时化身成岩中花卉，
和地上青苔这样的发光体。
但我们仍然无法解读其中的飞瀑和鸟鸣。
草木有一天会落尽叶子，你总是喜欢这样假设。
事实上，这一直没有发生。
因为峰峦叠加了无数的光阴，早已不受云朵左右。
而且，在山中，生死永远是一件小事。

码　头

波涛，拍打着堤岸。
粗粝的顽石在不断地滚动中
向河水交出了身体里的疼痛。
在废弃的码头上，我一次又一次分辨着

后一朵浪花，是否重复了前一朵浪花的命运。
以及它们日复一日地盛开，和寂灭
怎样决定一条河流的走向。
岸上的人们已经忘记了眺望一艘船
从下水到锈蚀的整个过程。
如同我忘记了我曾经爱上过她的波澜，
也曾经爱上过她深不见底的孤独。
但现在，我不爱那些了。
我已经爱上了她的落日
和她的绝望

在小祇园，我愿意像他们一样做一名证人

几间普通的房子，一个避雨的地方
青石板里面没有火光闪闪。赵柏田平静地走在上面，
马叙在有风景的窗户前慢了下来，
两个奇怪的人。沉默着
倾听着。
雕梁与画栋是古代的存货，有一种绝望的味道。
风车，藤椅，葫芦上光影斑斓。
只有阳光是新鲜的，
进入十一月九日上午的小祇园
如同进入了一座寺庙
我唯一愿意相信的是：那两个奇怪的人都是有信仰的人
而那些嘲笑的人们，多年后将不知所踪

阵　雨

树枝突然摇晃了起来，屋檐、石阶……
溅起了雨花。刚才寂静无声的它们
一下子成了多声部的乐器。
虫声和鸟鸣却不见了

山道上，那个人小跑了起来。
他为什么要加快步伐
他为什么不找个地方停留下来？
像我一样，看着村庄和梯田
怎样在雨中消失。虽然这不是我这一生
所遇见的第一场雨。但它仍然是未知的
需要树枝不停地摇晃，去探索它的必然性和偶然性
而我也肯定会与它一次又一次地相遇
如同远山是种坚贞的存在，它总是会重新出现在我的远方

我遇见她们，遇见星辰以及河水……

我在安静地听，
在树的阴影中。在长满青苔的岸滩上，
雨，偶尔也会像爱情一样到来

在吹拂不定的风中，
她们再次——
华丽地绽放，热烈地颤抖
我伸出手，
不是去采摘，只是去抚摸

我想，我会有许多时间
流连于一所朴素的房子，一片翠绿的田野，
一条通向山间的小路

当我从田野回来
我们平静地看着
孩子们奔跑在院子里。
而远处，薄雾之下，山峰矗立着，
万物都在那里了

回地诗选（4首）

纪念诗人张枣

天气与蛋糕，
国家与云朵，
至今依旧变幻。
只有你，和其他诗人们的死讯，
如此确凿。
取下这本淡蓝色《最高虚构笔记》，
你的名字在封面重现了一次。

昨晚大雪中止。
午夜的造访者失踪了。
"因某些人的离去，世界变得无知。"
雪景无垠。
我阅读你翻译的《徐缓篇》，闻听
这宇宙的节律中谁的心跳，
徐缓之中，我的双肺骤然扩张！

"诗歌是一种健康。"
通过你笔下的汉语，谁在说话？
是另一个你吗？"空间之旅
等于时间之旅……"

但你的肺叶，
为何剧烈痉挛？

我打开厚重窗帘后
这北方大地的雪景。
昨夜，你秘密打开那"血腥的笼子"，
用数十年的烟雾，忧思，
中文，或德语，
用卡夫卡的一把钥匙：

那"孔雀肺"，在无名的压力中
尖叫，咯血，在笼子里扑腾……
我书房粉红色的暖气片，此刻想要拼命呼吸，
但已无法替换你变异的肺叶……

窗外，怀柔方向过来的北风，还在尖叫。
你研习过的德国哲学，
在书架上与王阳明相处一道。
"生活，也是一种死亡的准备。"
窗外北风的吼叫更加凶猛。

在这个不停变异的国家，
（哦，谁说到过家园？）
在十三层楼的厚重帘幕后，
我们依然是那隐秘笼子里的囚徒。
而你，为诗歌焚毁的幽蓝孔雀，
终得浴火而重生，
为我们这些尚且准备去死的人。

谁言生者？

一本倒置的书。
月亮的裂缝里漏下的沙与光。

丁字路口数点钞票的人影。
霜降,与磷光一闪。
圆明园一分钟前的倾圮。
现在。

一轮月亮就是打卡的激光唱片。
一张激光唱片的背面映现一个京城。
天空你多么像一张走私的光盘,
星星的盐粒里腌死了多少爱人?

你的脸庞隐现于唱盘背面,
你就是深夜穿越京城和骨缝的人,
你就是贩卖激光唱片的南方人,
你就是月亮上的那道裂缝,
你就是月亮的裂缝里降临的黑天使。

谁言生者?

走过圆明园67号,
豪猪通宵狂饮,
夜风已哭了多久。

塔尔科夫斯基的乡愁

光朝向我为妻儿制造的
七年的洞穴。哦孩子!
请宽恕我的自私,因为
我只想着拯救自己的家人。
你总有一天会明白:世界的
每一张脸庞,都是灵魂的水银浇铸……

我信,是因为我的听觉灵敏。
你们应该记住

他对圣凯瑟琳娜说过的话
在治疗中产阶级痼疾的温泉边
雾霭蒸腾，我的迷狂
只有我的狗嗅闻出清香

我在罗马的三天演说
使台阶上高高低低的男男女女
都成了水泥柱子。当他们的耳朵
还留在洞穴，当他们依然专注于电视
那多次幂的地洞，他们
怎能喝到象征的源头活水？

一截蜡烛走过干涸的水池
就能够使两岸安静下来
我信，是因为我的镜子灵敏
当你的脸庞在镜子里出现
那是一种门轴转喻的迹象
使语言的灰烬转向火光

噢火光！那《欢乐颂》的火光
将我的一生焚烧。
俄国的火焰与迷狂，
白痴的火焰与乡愁！
宗教大法官在洞穴囚禁
主的一吻燃烧了基辅和彼得堡……

玉簪花
　　——为"8.12天津大爆炸"中的死难者而作

玉簪花在八月的暮色中盛开。
簪缀在我的道路上的
是挽联一样铺展的
白色的玉簪花

那八月也会冰冷的海港
为千万鱼尸的密集针脚而缝缀
在一个帝国的后脑勺上
玉簪花缝缀着八月的广袤尸衣

　　　　那压低韵脚洁白的声音
那来自星辰的声音
玉簪花，你也必为八月震聋的
聋子所倾听。
八月，那缝缀于黑暗银河的星辰
也必将被挽歌的韵脚所穿透……

宇宙的焚尸炉里留下
一只无名者的白色眼窟
八月，也会碳化的海港
那黑色的尸骨敲打
冰河时代倾听的
一块无名者的化石

压低阵阵韵脚的
是玉簪花那晚来的香气
洁白的花苞和玉簪，
密密匝匝缝缀日月星辰
和谁的国家。

玉簪花，如今缀满谁的道路？
八月，你也被赋予死神的权力和尊严。

窦凤晓诗选（9首）

某种行迹
——兼致康赫

日落前，光线以谦卑者的姿态
掀开百叶窗，蹀躞入室。

映照书橱、书桌、电脑、书本。
隐隐林荫：林中鹿角，荫下苔痕。

她所呈现的这些，
早先于她的叙述存在。

如我在这里，又如我
不在这里。但我，仅作为回音的我么？

细浪一般，那野外，
神秘的声息如优美的译文，阻隔

方才入侵者的争辩。
我证明过我可以简单生活，摒弃

枝蔓的引诱：若有所思的
芬芳。我可以晚睡早起，每天散步

以肌体的劳顿安置灵魂高处的匮乏。
庞大的《人类学》^①中，拥挤不堪的鹧鸪，

取代我们呼吸。而乔装改扮的白日梦境往往又唤起某种
清醒：时日将尽的叶底，仍藏有小小火焰。

　　注①：《人类学》，康赫著。

寂　静

门外，蝴蝶和蜜蜂前来
探访百日红的甜、艾草的苦

和紫荆花的淡香。
渐渐樱花堕了一地。

黄昏，灰喜鹊在矮灌木丛里做窝。
十只蜂箱抬着管风琴。

鱼群从午夜路面游出，唼喋行人脚趾。
想象的浓荫披满路面，掩饰惊喜摊位。

紫红的桑葚覆盖着小径。
厕所因对小园，获得安宁幽深。

矮而瘦的邻居拧开永生的水龙头。
太阳的蓝光下，优越的末日展开行程。

青　冥

傍晚，寺庙升起
许多红嘴鸦。

青鹿弥漫，暮色掀动。
去人间的高度如幻

你尚未真正莅临谷底，探访
自我的内心：寂静的青幛

多雾之夜，长抚临海距离
螺纹宛转，你隐身其中

优秀又安稳。"若非群玉山头见"
其和声从何而来？哪本书可指出

你在房间走神，红嘴鸦在山间出神。
且慢行，让锡做的铃铛再响一会儿，

轻唤暮色中的鹬鸪。我知它翅膀上烟形
的细浪藏有过去的信笺。知其必被抖落

但不在此时，不在此地，不在高山也不在
深海。彼时青冥幽深，乃以鹿眼垂向我

象之花

有时候
有时候

有时候，壁立千仞
有时候，草木皆兵

有时候，形神静止不动
有时候，缆车来来往往

有时候，叶子落下来，饱饮细风
有时候，花破开泥土，亮出伤口

有时候，机械制造的虫鸣代替了吼叫
有时候，竹签上的小鸟也啾啾地发声

有时候，镜中待久了，不适应甜蜜的外部光线
有时候，月色下耽美，更难反省花岗岩的硬度

有时候，露水发动政变
有时候，云海局限无涯

有时候，活着大于一切
有时候，死取消一切大

有所思

读书百页，接近无色无味。
近千页呢，已不可听闻。

推窗遥望，远海如夜，
滔滔而不见波浪。

路也湮灭。半山池塘里断梗斜出
那痛苦的闪耀多么新鲜。

这一瞬，偶然遭遇偶然，突兀的提问
打断喋喋不休的来访者，令他满脸羞愧。

多年执迷如同怨尤，紧扯"此刻"衣角。
我，尚有机会成为"曾经"的那一个？

白 露

轻霜遍布的公园暂时隐居
于越来越多的人群

湖水宛转上升，似有怜悯。被脚步
锁住的钟声同时开放钟声：布满爱与被爱的

荡漾像一个困境：甘醇而凛冽
它选择在白露之后前来，晃动一棵树，一个人

晨曦是轻的。青苔那么滑，也是轻的。
侧身躲开一朵斜逸的花，那一刻也是轻的

当你侧身，微微质疑的风正大而微妙。
你伸手说"你好"，却好像什么也没握住

没有传奇

春山如睡，
秋水如剪。

忧郁多重写法，
怕被炒了鱿鱼。

马匹对仗青天，
旭阳对仗樟脑。

被浪费、被消耗。
漫游者无需发动，说走就走。

真是令人茫然无措！
我退到电脑，读两页唐传奇。

而东边，使馆区的酒吧彻夜红着眼睛
而西边，日落，纪行的书籍，末班车

和羊肠一样的拇指小道约会
像早在等待，又不像，吓人一跳。

深夜，荷塘

细数鱼群。我们没有限制其数量
也没有限制荷塘深度。

（限制即自由。因而铁锁被解除
钥匙被丢掉，世界微微揭开一隅）

鱼群时值妙龄，而我开始散步。
你负责解答某人求教，如有答案在心

若我欣喜将会同你一道
误入答案歧途，获得完美荷塘。

若我悲伤，荷塘将更进一步，
称我为"迟到者"，"谬误的词典"

"三分钟片刻之甜"，"微薄之粥"
以及"命定的挽留"。

寸寸秋风将强调这些说法。
那毫微毕现的一刻。你却不在。

绝对的月亮
　　——彼何人斯？其为飘风。胡不自北？胡不自南？胡逝我梁？
祇搅我心。

在记忆开始，在记忆尽头：
层峦叠嶂的词语
推搡着渡河，河水汤汤，无岸……

庄子与庞德……真是身轻如燕子啊。
当时，灯河如链，月色如痛饮，
浮生如浮标，片刻之甜最伤人

成吨的黑暗，需要对饮。
喝过长夜无眠后，我们去斟
黎明的酒杯。我们爱她响起来的脆笑

和偶尔的性感——月亮赢了，
比新雪更有光，比羚羊更挂角。
今夕何夕？偶然性虽惊险，但

来，你听，那鼓乐……
万物廓尔忘言。世界像只为了
这月亮，在地球的最末端

阿斐诗选（8首）

为什么要有信仰

我为喊饿的胃
提供夜宵

为不眠的头脑
提供往事

为喉咙
提供叹息

为夜
提供诗

却没有什么
提供给我

神的流水线产品
皮囊包裹的灵

依旧空空
轻轻又黑黑

桂花开

太香了
树上长满了香
我随手一指
说：它姓李
李桂花高兴极了
李桂花开满小区

雨　露

有人问我
你天天写诗
吃什么呀你
我说
我靠天吃饭
诗不过是
神恩赐给我的
天上的雨露

初秋夜有点凉

夜
秋天在鸣叫
我坐在阳台一个人
喝酒

我没有任何秘密
值得隐瞒
没有一丝心事
堵住胸口

如你所想
我也没有悲伤
这酒
也只是酒

清朝末年

他们在围观杀人
我用手按着头
使劲儿往人缝里挤
把自己挤成
一片薄薄的中国人
好像显微镜下的一张切片

杀人的人在杀我
被杀的我在杀人的刀下面
喊痛而外面在喊痛快
我的头在地上
滚了又滚看清了
世上所有人

我也看清了自己
我的头向那片薄薄的我
礼貌地打了个招呼
我看见那只脑袋
在肮脏的地上张了张嘴
出于安全我坚持认为这是假象

我的狮子

因为无聊
我伸手

往自个儿里面掏
以为能掏出一头狮子
三十多年了
空荡荡的旷野
总该有一头
优雅漫步偶尔也孤独的
倔强的雄狮

我掏出了一堆骨头
又掏出了
一把生锈的匕首
我掏出了一团熄灭的火
它看上去
像一个烧焦的心脏
最后我掏出了一本书
里面一头狮子
像真的一样
月光寂静
旷野辽阔
在名叫耶稣的牧羊人手下
温驯地吃草

杭州大雪

外面在下雪
女儿在做作业
妻子刚叠好衣服
我刚弹完一首
很久没唱的歌
好像过了很多年
终于有了这一天
吉他有点旧
衣柜有点乱

雪花比想象的大
妻子说
女儿作业有点潦草
我也不介意

所谓灵魂

我坐在我里面
听见沙石被踩响的声音
我正在走平常不走的路
我知道我很艰难
我坐在我里面
一声不吭
像神坐在你里面
一声不吭
任由你捶胸顿足
颠簸像一只破船

安遇诗选（8首）

长江坝贾公祠我去看过了

就路边一间小房子。里面什么也没有，只一老妇人
迎着。看样子她是退下来的村干部那种人物，说些
这里没钱搞开发之类的话。听懂了她的意思，你给
点钱，她就燃一炷香，拉你站好，听她念念有词为
你祈福。后来你去河岸上走。你会突然想起贾岛这
个名字本来就荒凉，看见你的影子很荒凉。

我在日常秩序中

我在日常秩序中一直默不作声
可是，刚才，有一阵

在幸福生活研讨会现场
我离开了我

我离开我，又有什么拦得住
我看他们不能，刀子
不能
地平线也不能

u咖啡：无主题讨论会——以窗外那棵树为例

风和树讨论方向问题，风是对的
地方和树讨论立场问题，地方是对的
伐木者和树讨论路线问题，伐木者是对的
今天我们讨论的问题
还是以窗外那棵树为例
我和你们
只说态度问题

我的草原只有你

和塌陷的爱情，和我的奔跑

我用可能的一个时辰
一个夏天
拼命抽打我的残腿，意志，和臀部

抽打丑陋的臀部
和他高高耸起的，丑陋的绝望

我的黑洞

小于恒河的一粒沙子。
先是一首关于死亡诗社的赞美诗，我不曾写出。
再是我迷恋于写出，超乎死。

我　在

我在抚摸她的手。我知道她在低眉看我，就像月光
跟着孤独的狼，在移动，为它照亮旷野，山岗，河

谷。我在自己梦里也不敢久留。我对周遭的眼睛恶
狠狠的。

你被你的敲门声吓一跳

有一滴眼泪你不要别人看见
有一块石头你扔不出去
你知道
泪水不行石头也不行
你知道花朵行
你不确定你是花朵

在河堤上

我用这柳枝的新叶向你问好
我用这柳枝的新叶向你告别
它也是我的新叶
每日清晨我去河堤上走
我认可我与这个春天媾合的无效方式
有点像风
一路沾花惹草
不是诗人
也要摇着小旗子

兰童诗选（4首）

哭祭祖父

夜恸哭起来。此刻，南京大雨，
棺木竖立，房子在路上飞奔。
我看到你点燃灼热的胡须
倒立在公社剥漆的土墙上吹埙
那时，你尚且拥有年轻的
肉体。村务检验着
你的政治能力
一顶麦秸草帽，一双布鞋
你每天都在思考土地的哲学
　难道，土地意味着
可以果腹的一切？
甚至在死后，
当雨水和地心引力
敲打着坟头，你依然要
大啖村后参经的老槐？
是的，我知道。你终会藏匿于
冰封的池塘：明年春日
堂前檐下
必会有一只满身淤泥的雏燕，
被枝头无常的月亮重新喂养。

村　事

冬日温暖的阳光，在乌有乡的日子里
吱吱唱着。两三声鸟鸣
文煮着旧梦。这犁头
铸就的小世界，似乎在阳光里盹着了。

"整个乡村，已没有人愿意
耕种和读书。"但
我似乎还活着：在死里活
在疼里活，在
"一袭爬满了虱子的袍"里活。
没有风从窗口
跑进来，我的骨骼

依然自我散佚着。　整个下午
我躺在床上。怀念一只名唤
天命的乌鸦。前几日，它敛翅
伫立在田埂头，像极了
多年前一位剪手远眺的村儒。

剩　山

墨纸上
剩山朝我逶迤而来

她的金钗
她的丈远之夫
她背后的虚线

和它所承接的落日的跳荡
我们为何不现做一户人家？
风景里的三两小人儿
新坟里的袅袅宓妃

我银铁同母的无限金
我亦经亦骚的好嗓音

我眼底烟波，肺里小船，腔口碣石
我老龙沿梦，白石高唱，大患有身
——墨与水，我的多米诺骨牌！

冬日与上海诸君泛舟玄武湖上
——致三澍、砂丁、燕磊、簌弦、东木诸兄

从不频闪的天光与水波。
某人的童年，那已死去的
水下阮小七。
湖上孤鸥知道，我们抱暖
底片中簇拥
如水藻快闪之呼吸

实则诨言天成
倏忽煞有介事
性情仿似门第
同情恰是围炉

应有场惊吓，或撞鱼儿满怀
人称鱼称，言必称孤。
"谁不持存少年气？"另一尾说，
"瞧我们这群小大人。"

飞廉诗选（9首）

秋夜读黄庭坚集

陈师道赠你荔枝，
何十三送蟹，黄从善寄惠山泉，
王炳之赠石香鼎，王舍人剪送状元红，
杨景山送酒器，周文之送猫儿，
王才元拿牡丹换你的字……
洮州绿石砚赠张文潜，
虎臂杖送李任道，
双井茶送孔常父，送蛤蜊与李明叔诸公，
椰子做的帽子送给小儿子……
写退堂颂，铁罗汉颂，
以香烛团茶琉璃献花碗供布袋和尚颂，
缺月镜颂，清闲处士颂，墨蛇颂，
枯骨颂，髑髅颂，葫芦颂，
劝石洞道真师染袈裟颂……
写观世音赞，
江南李后主梦观世音像赞，
江氏家藏仁宗皇帝墨迹赞，
东坡先生真赞，
自比翰墨场中老伏波，菩提坊里病维摩，
写自赞五首……
题伯时画严子陵钓滩，

题晁以道雪雁图，题胡逸老致虚庵，
题老鹤万里心，题刘将军鹅，
题落星寺，题孟浩然画像，
题王黄州墨迹后，题王晋卿平远溪山幅，
题襄阳米芾祠，题子瞻寺壁小山枯木……
拜刘凝之画像，
丙寅年，写十四首效韦苏州的诗，
喝着碧香酒，次子瞻韵，戏赠郑彦能，
冲雪宿新寨忽忽不乐，
过洞庭青草湖，
红蕉洞独宿，
听虎号南山，
写闵雨诗后当夜下雨，喜不能寐，写喜雨诗，
一生最爱苏子瞻，比之李太白，
大喜，当你得知有人苦学老杜的诗……

乙未霜降访章太炎故居

太炎画室。太炎古旧书店。太炎理发屋。
太炎足浴，两三个浓艳的小女子。
败乱的太炎修鞋铺，貌似袁世凯的老鞋匠……
霜降，沿余杭塘河，
我走进你生活了二十二年的晚清故居——
余杭区党风廉政教育基地。
门外的宣传画显示，几天前刚举办了一场"流年
似水"旧上海广告月份牌展。
二楼你的雕花木床。读《东华录》、《扬州
十日记》时的书房。当年的习字青砖，
两个杭师大的女生，蘸水写着马云的名字。
陈列室，鲁迅读不懂的《訄书》，
"三入牢狱，七被追捕"……
水缸边那眼石井，据说，遇旱不竭，久雨不溢，
蕨，封住了井口，几点水光，破碎的民国

或隐或现——
黄昏，我跌坐在天井里，渴望着勇气。

读《金石录后序》，兼怀傅雷

有人爱胡椒，
有人爱书画，
几案罗列，枕席枕藉……乐在声色犬马之上的岁月，
归来堂烹茶、举杯大笑的岁月，
浸觉有味，不能自已，自谓葛天氏之民的岁月……
靖康丙午，金寇侵犯京师，
有人急着刺字，
有人急着铲雪，
有人急着逃命，
这四顾茫然的书生啊，
战火烧掉了他满屋子的书册卷轴、一代奇器，
战火烧着他的肺腑！
这性急的书生啊，他等不及李清照解舟夜行三百里，
他吞下了柴胡黄芩等大寒之药，他急着死去。

在仙居跟罗羽通话

最近，他刚读完曹植全集的诗歌部分，
读完黄灿然翻译的曼德尔施塔姆，
一想起他又买了不少书，
一想起他那堆满各类书籍的小房子，就感觉大地
正微微朝河洛一带倾斜。
他说，郑州刚下过一场大雪，
我则想到李清照每值大雪，即顶笠披蓑，循城远览以寻诗；
我们照例谈到杜甫，
今晚则谈到齐白石、黄宾虹、八大山人的衰年变法……
我听到了郑州街头呼啸的寒风，
闻到了腊梅的清香，

我的窗外是月圆下的永安溪，
是望不见的大雷山，括苍山，
一粒白色的可乐必妥
逍遥游在我黑暗发烧的身体里，
罗羽，他天真爽朗的笑声，惊飞了永安溪边的一只夜鹭……

大雪日过栖霞岭黄宾虹旧居

那时我年轻，不解迟疑，
乱评"因写实而得实中之虚"，
那时杭州话在我听来，是乌鸦乱叫，
那时我匆匆走过你门前的枫杨，
——下山走一百步即岳庙，
左折西泠桥头是苏小小的古墓，
过桥孤山脚下则秋风秋雨埋着秋瑾，
孤山北麓，我寻访你的老朋友，清艳明秀的苏曼殊……
那时，我只爱你家小院那棵梅树，
我见它开花，落花，新叶，枯叶，吐纳风雪，
我们嘲笑玉兰树下你的小像，
然而，就是这个瓜皮小帽、山羊胡子的小老头，
用漫长的一生，画尽了虞山、括苍山、
青城山、黄山、雁荡山……中国山水的精微，
在这里，栖霞岭31号，此刻，我多么渴慕你笔墨之外的
雄伟沉着之气。

乙未岁暮游雁荡山

响岭头，到处卖铁皮石斛仙草；
同行的嵊州人，操着谢灵运的口音，
带我吃雁荡山的溪鱼。
灵岩，到处是潘天寿画过的石头；
灵岩寺，郁达夫为雁荡山的秋月发狂，
老死蓬窗陋巷之前，

他幻想溯江而上，经巫峡，下峨嵋，沿汉水西入关中，
登太华，入终南；
汤显祖在雁湖迷了路，
山深雾黑，徐霞客茫无所睹，
却留下一部记叙雁荡山的小史，
鸣玉溪，凝碧潭，黄宗羲蓝色的影子；
灵峰乱绿丛中，我反复拍摄赵紫阳题写的"雁荡"，
民间传说因他少写了"山"字，
故而失去了江山……

10月4日过凤凰山旧居，江边候潮

王安石，苏东坡，陈师道，陆游，赵孟頫，龚自珍，郁达夫……
都在这里写下诗句，
梵天寺经幢下，破败的蛛网，挂着几滴昨日的寒雨……

一只白鹭，收拢翅膀，走出晚潮欲来前动荡不安的江水，
新一代人已长成，我也披紧外套，悄悄退到芦苇的暗影里。

乙未孟秋还乡

父母安健，我辄远离了颠簸，稳稳站在东山之上。
一院子蔬菜，韭菜花，藿香花，满墙丝瓜花，
新栽了三棵小桂树、两棵小梨树，
大小蜜蜂从从容容，青蝇集在水盆沿，麻雀时在黛瓦，
时落地啄食芝麻粒，燕子清飞，
远处传来多年前熟悉的黄鹂，
杜鹃绕着小村庄啼笑皆非，有老杜的沉郁，
小狗几只，偶有孩子串门问我是谁，吃我新摘的石榴……
老父亲听着豫剧，剥老丝瓜的皮，
这昔日的美少年，岁月早剥光了他所有的矫饰，
朴素到了只欠一死，
他站在菜地远望的神态，让我遥想曹孟德"东临碣石"。

默默对坐，一切不必多说。
深夜，满院子都是虫鸣，星也清新可数……

1996年，在项城
——戏赠张继承、张华东、朱铁建

一座传说中，鬼修建的小城，
一颗小星，
闪烁在《左传》上……
1996年，一座螺丝帽大小，生产味精著名的中原小城，
城中心一大片火力发电厂，
周项公路，一天到晚轰轰隆隆奔驰着拉煤的大卡车，
一茬茬扫煤的黑衣老妇人，头上缠着蓝围巾……
1996年，我走下颍河大堤，
曲折的老街，住着杀猪的屠户，回民家的狗追着咬我，
那老街，土改之前，是我家流水不腐的商铺；
走过工农兵电影院，走过袁世凯"福"字行宫，
站在邮局边上"拓荒牛书店"门口，
望着那粗大烟囱的滚滚黑烟，我踌躇满志，
是啊，那时我们都踌躇满志；
望着颍河来往的船只，望着南顿鹿苑寺后的两棵大白果树，
望着外号"面条"的女生那白净得出奇的脸，
一次次，我们把自己想象成大人物，
而我们脚下的这片土地，也早在四千五百年前，
就被伏羲定为世界的中心……
二十年后，我们聚在颍河边的小酒馆，哈哈大笑。
那白脸小女生，天知道去了哪里，
两棵白果树，一棵大风刮倒，另一棵毁于香火，
我们当中，最善于幻想的，以研究核电为生，
而我，靠文字活命，
最大的理想，写一本《桃花扇》或《水经注》……
今天我读到一个失联者的访谈，他说："梅干菜
就是我们的乡愁。"

张见：警幻的预言　71cmx51cm　绢本　2007

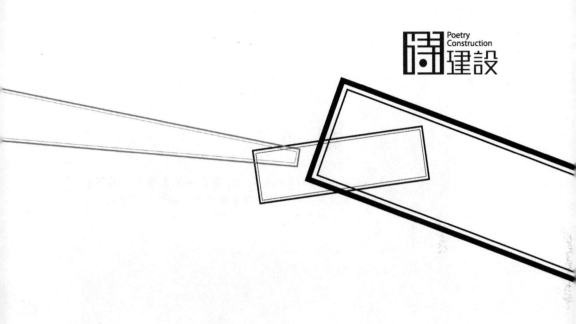

詩 建設 Poetry Construction

跨界 Crossover

张　见

1972年出生于上海，江苏无锡人。国家一级美术师，硕士研究生导师。现任中国艺术研究院中国画院副院长。

我画之我见

张　见

　　当代工笔进入21世纪后迅速地发展起来，并且不断地进行着深刻的结构上的变革。它的发展跟前辈工笔大家们在20世纪80年代以来所作出的贡献以及整个时代文化发展的背景密切相关。当21世纪初整个当代艺术的关注点都还集中在油画、装置、影像等形式的时候，就有一批年轻的工笔艺术家，一直在中国画这个中国本土的艺术体系中，不断地探索这种古老艺术形式当代化的可能性。有的艺术家的创造可以追溯到上世纪90年代。近十年来当样式或是榜样形成之后，当代工笔的发展就逐渐驶上了高速路。但就风格演进的新方向来看，"非再现、非意向抒情、非形式审美"也许较为准确地概括了目前一些较为突出的新工笔画家最初一个时期的风格特征。当然我认为这些离形成一套成熟的、全新创造力的美学体系距离尚远。但就美学的个体丰富性而言，已具规模。

　　通过几年来的几次较有学术影响力的展览，人们也逐渐接受了这样一个约定俗成的提法"新工笔"。最早在2005年及2007年南京的一些艺术空间零星地举办过"新锐工笔"或"当代新工笔"为题的展览。而真正意义上首次提出学术主张的是2008年在北京由杭春晓策划的"幻象·本质——中国工笔画'当代性'方向展"。此后，又经历了"格物致知"、"三矾九染"、"概念超越"等一系列学术展览的梳理。"新工笔"的主要成员的作品在当今的工笔画坛里风格鲜明且具有当代性，但这些风格从一开始就不完全在一个方向上，并且随着时间的推移，各自在作品风格上都有不同程度的演进与变化，甚至出现了一些跨界的边界艺术形式。所以"新工笔"在今后几年不同的展览上也不断地变更或丰富对它的释意，来回应这种变化。比如说"运动的概念"、"概念超越"等。这也许某种程度上也符合当下松散与多元的文化环境特征。所以用一个专有的名词来代表某种特定艺术概念的时候越来越显得力不从心，而需要用专题的文章不停地进行重注。当然名字只是个名字，这个概念已经产生了它的影响力。

作为这部分画家里边的一个个体，我也思考，我为什么这么画？在《新工笔文献丛书·张见卷》中，我如此解释自己创作的初衷：第一，"观念先行"。我的创作注重观念的意义和价值，形式语言都作为阐释观念的方式而存在，同时也具备独立的价值。前辈艺术家惯常在画面中寻找诉求自然主义、现实主义的东西，比如，画一个劳动场面，就是为了说明这个劳动场面本身或是劳动的意义，也许你第一眼所见便是作者意图诉说的全部内容。而我与前辈艺术家作品的真正分水岭在于观念的注入，真正想要表达的，并不全是你眼中所见。我提供观看的滤镜，透过滤镜物象呈现出丰富而多义的特点，我喜欢这种间接而迂回的方式。希望观者能借此洞察图像背后的本质，与我共同完成作品达意的过程。就像玛格利特的那只烟斗所表意的那样"这不是一只烟斗"。第二，这个"观念先行"是不以损害我们古老而伟大的绘画传统为代价的。以此设立技术壁垒来区别其他当代艺术样式。这对我来讲很重要，也许对其他画家又不那么重要。传统必须往前走，传统在解构与重构之时，道路选择因人而不同，我自己愿意最大限度地保留祖宗血脉中的一点基因。这一点可能也制约了我，可能也成立了我现在的画。而我的成长机遇和知识结构便注定了我的文化抱负与文化包袱。这是一对相互转化的矛盾，也是宿命。

从我个人的体验来看，20世纪90年代时我可能是一个传统的叛逆者，1995年本科毕业已有了后来的风格雏形。1996—1999年研究生期间，确立了当时的风格面貌。那时的探索好比打着手电摸索前进，偶尔还会有人质疑"这还是不是中国画？"从1995年到2005年左右，我不断尝试用工笔画唐宋经典传统对接意大利文艺复兴西方古典传统，以实现两种高尚文化传统的对话与融合。

东晋顾恺之"以形写神"论，几乎规范了一千六百年中国工笔画的造型法度。当代工笔肖像画却鲜有不受西法影响的。这种梳理的起源可上溯至16世纪下半叶。诸多参用西法的明清肖像画能为我们提供现实的借鉴与批判。而当我们回顾意大利文艺复兴早期画家弗朗西斯科、波提切利等人的时候，联想起他们画面中出现的人物形象写实却又受到较大主观因素的影响，呈现某种夸张的、平面的，或是装饰的意味，脑海中自然涌现肃穆、崇高、幽雅等赞美之词。似乎觉得此类西方古典大师的造型观在某种程度上与中国传统工笔人物画造型观暗合。这为我在人物造型上探索中西融合找到了契合点。

至唐宋工笔画达到历史的巅峰，但我们从现存的文献资料中很难找到与之相对应的关于色彩的丰富论述。而我更欣赏清代张岱《绘事发微》中的一段注解:"所谓春山艳冶而如笑,夏山苍翠而如滴,秋山明净而如淡,冬山惨淡而如睡,此四时之气也。"好比诗文一样,抽象的文字总让人更多想象的空间。我欣赏传统中国画对色彩的理解,但当我窥探到西画色彩的无穷魅力时,我便不再甘心在几种样板似的标准色中间挑挑拣拣。虽然在赋色时我恪守最为严谨的古法程序和平面化处理的传统审美习惯,但我的色彩观无疑是西化了的。

中西方绘画的殊途,归根结底是它们背后隐藏哲学的不同。《洛神赋图》是文学作品的图像再现,用今天的眼光来看,是具备超现实、象征主义的手法在其中的。《瑞鹤图》完全就是最为经典的超现实的表现手法,这件作品蕴含中国传统文化正髓,同时从画面的角度也是超现实方法运用最为典型的作品之一,比之西方超现实主义出现早了几百年。当然这并不是赵佶的本意,而是依循中国美术史的文化脉络,借助个人的理解力回望的结果。重读历史,可以不经意间挖掘出很多以往未曾出现的契合点——中国与世界形成共通的可能性。工笔画发展到今,必然要面对这样一个多元的社会文化环境,既强调中国传统文化精神,又需要直面全球化的眼光。

谈到绘画不谈技法是不可能的。谈到技法的时候同样是用线、用色,每代人的理解不一样。在谈论传统时,时常经由画面上的一根线,论及笔墨功力,进而上升至品格境界。当代工笔画对线的选择常让人有一种模式化的感觉。而我们回顾历史:东晋顾恺之《洛神赋图》、唐周昉《簪花仕女图》、五代贯休《罗汉图》、周文矩《文苑图》,及徐熙《雪竹图》、宋人《百花图卷》、崔白《双喜图》……什么样的线,产生什么样的画面气质。线最初是作为手段而产生的,后人学习前人,大多只看到线的结果,于是线在庸人眼中成为目的——一种模式化的标准。这是误读。根据自己画面气质的需要选择并创造与之融洽的线,在我眼中线既是手段又是目的。其实无论是用线还是没骨,都可以在画史中找到足够的理由或是借口,关键问题不是怎么画,而是画得好不好。以前老师如此教导我,"线不碍色,色不碍线",即线就是线,色就是色。在实践中我对于线的理解恰恰有所不同,我觉得线当中就是要融着色,色当中就是要藏着线,就是把这两者的对比关系融洽到刚刚好你看得到,但又不是一目了然的一种朦胧状态,所以才形成了现在这种线色交融的个人风格。当然这种调试过程也是很漫长的,从《2002之秋》及《向玛格利特致敬》等作品中可以见到我这一时期的追求。

数年之后,《袭人的秘密》产生,当这种东西方经典文本的对接,到了我自身无法超越的高度时,我认为这一工作可以告一段落了。于是我又逐渐让自己走上了另一条路,并同时对几条新的文化脉络进行探索和尝试,也更关注社会和当下，自身与改变，文化与多样。但我对工笔画创作有自己的底线。比如对气息，对线，对绘画方式，甚至有的地方我想超越古人。传统并没有把事情都做绝了，越深入地了解传统，就会越发觉得在当代我们可做的事情还很多。不必卑微到"换血整容"的地步。而寻找工笔画这一传统艺术母体自身发展的原动力，是我近几年的课题。

在中国山水画经典图式中有"马一角"、"夏半边"，而笔墨布局中常提"攒三聚五"，讲究的大都是不对称。当然也有宋徽宗赵佶《瑞鹤图》之中正、平衡。由2007年的《桃色系列》发展而来的我的新作《桃花源》在画面构图上做了对称的尝试。画面中出现四种物象：极具中国传统文化气息和文人情格的风物桃花，古代文人画家笔底惯常描绘之物太湖石，最代表中国民族气质的织物丝绸，以及丝绸包裹下的半隐女体，无一不是古代文人雅客极尽风流之物。我试图借助它们，一个由传统文化元素组合而成的具有鲜活气息的中国画风景，去体会中国传统文化精神的深层结构。当然在绘制的过程中，如线的勾勒、色的晕染、形的开合我都希望它保留尽可能多的传统延续，虽然好多都已带有我明显的个人美学烙印。

在《桃色系列》的画面中，第一次明确出现了：人，仅因为其是画面元素而成立、而存在。人物本身并非主体的创作观念，消解了人物画中对"人"本身的主体定位和意义判定。"人"只作为一个画面需要而出现，作为寄情达意的媒介，与一枝桃花、一方太湖石并无多大分别。甚至有观者半天才分辨出其中女体的存在。这标志着我"画面比人物更重要"观念的明确达成。

我认为最高妙的作品，皆难掩一个"虚"字。论道皆应在虚处，而工笔画总给人以"实"的印象。"实"都是比较外在且相对容易达到的东西，具备物质属性。虚，却有物质与精神两层内涵：一是表现手法之虚，一是经营意境之虚。前者是实实在在存于画面之上一望便知，后者是透过画面显现的层峦叠嶂，辐射出一片大致的情感形状，至于其深义，则是说不清道不破的谜语。一张意象余虚的好画，它能够让人反省，能够让人在看完后内心为之一颤。好比"蝴蝶效应"，仅仅是振翅一点，带来的也许不是涟漪，而是惊涛骇浪。我以前同一位朋友讲过，虚幻是通往博大的路径。正如大音希声，大象无形，虚幻，总引人无限神思，让观者有机会把自己安排进去，在纠结的同时，似乎有一种隐秘的力量缓缓沙漏于心底。

如果借用音乐的感受来解释我的画面感觉，那它一定不是高潮迭起或者先抑后扬的，它或许简单到只有三个基础音：1、2、3。但是我试图只采用这三个音（当然我会用自己的手段巧妙地在有限的音阶中加入微妙而丰富的半音），去组合成一首渗透人心的曲子，让人在不知不觉中体会到声音本身的美——这种美不是高山坠石那样猛烈激状，也不是平缓玄妙的禅音，而是在一个既定的范畴当中，揣测其可能具有的最为撼人的力量，这种力量可能与悠长的人生当中斑斓的现世感受互为参照，让人感觉是与现实有些距离的真实，饱含了瞬间、阅历、现实、理想、地狱、天堂等等几乎一切。让我在喧嚣中找到与伟大、冷静、纯粹的爱、深沉的痛相关的知觉，当然也包括视觉的延伸，以及我看待画面的眼光。

在工笔这一古老而神奇的中国本土艺术形式当代化的过程中一些特别好的特别中国化的精神特质、传统理念和绘画技法是需要尽可能地结合当代的方法和精神要义保留下来，因为这是工笔画之所以区别于其他画种或者其他艺术创作方式的一个最迷人和最富表现力的地方。如果这些东西过多地被损失，或者说仅仅把它看成一种材料的话，我会觉得有些遗憾。此刻我更希望自己站在传统这一边。因为中国工笔画的历史超越千年，我们在讨论新工笔时，实际上就暗示了我们对传统的一种认可和尊重，否则没有必要在工笔中讨论当代。

在不停地重读传统与实践当代的过程中，我经常会提问自己：某一经典名作的线条组织合理吗？线条质量好吗？而见到另一散落民间的佚名作品时却又会惊异于历史的疏失。对我自身而言，我把专注力放在绘画上，中国传统绘画中有用不尽的资源。以前我们只知道"不识庐山真面目，只缘身在此山中"，某天我们从飞机上俯视庐山，而今我们从太空鸟瞰地球。角度的不同自然呈现不同的观察结果，所以首先要明确你想从哪个角度观看。用当代的视野和认知力去重读历史与经典，亦用崇敬与怀疑的态度审慎地对待教科书式的传统。因为传统在被书写时也有被扭曲的可能，当然也存在被误读的风险。

如果自身产生不了新鲜的"血液"，任何事物都将死去。我们有能力以文化的新鲜"血液"，激活古老的文明，捍卫传统的尊严。而传统本身也有大传统和小传统之分。而人们一般认为的传统往往只是小传统，局限在某种特定的图式、技法、材料之中。小传统就像一个人的长相、外貌容易改变。而大传统更像是一个族群的性格特征和文化基因相对稳定。我们要打破的是小传统，要激活的是大传统。不破不立，当然破立之间鱼龙混杂，需要很长的时间去沉淀和筛选。

专注、迂回、超自然、性高远……这些都是传统文化中最优秀的品质。而重提传统美学的重要性，从历史和现实的角度来看，它都是一种无可替代的优势。

在文化全球化的背景下，古老的艺术形式在当代化的进程中最可怕的是丧失独立的品格。当中国在全球扮演越来越重要的角色，逐渐重新找回文化自信的时候，我们除了需要"自觉"，而且需要"自省"。

楼森华

又名楼笙华，浙江富阳人，曾行医八年，1992年毕业于浙江美院油画系，现任教于中国美院。从事油画、国画、书法、诗歌等多种艺术创作。

道路在遇到边界的时候才是它拓展和延伸的契机——画家楼森华访谈录

大　懿/楼森华

大　懿：你和陈嘉映等哲学家的交往对你的创作有怎样的影响？

楼森华：前段时间跟陈嘉映老师来杭州在中国美院做了系列讲座和研讨班，我也参加了研讨班里的讨论，它的主题是语言和思想，围绕着陈老师的讨论，又延展到媒介、伦理等不同的领域。陈老师这方面的思考持续了十几年，对包括我在内的美院许多艺术家都有影响。一般人可能会以为，这类的问题，以及纯理论的研讨方式，对艺术家尤其是强调手工的画家可能没有什么用，但是在我看来，不但有用，而且是直接有用。这种直接的用处当然又包含着一种转化。

大　懿：这些问题到底跟艺术、跟你自己的工作有什么相关性呢？

楼森华：陈老师这次课程的一个出发点是辨析语言和思想之间的某个中间过程，有没有这个过程？这个过程可不可以像桥梁一样坚固地联结两个领域，并使得两个领域可以相互映照与校验？——事实上，有没有一个稳定的、可以引为模式的途径，沟通我们的所思所感和所作（作品）所为（行为，包括语言），一直是科学和艺术共同关心的话题。我早年学医的经历使我很早对这个话题就有跟一般艺术家不一样的体会。在我看来，科学重视的是这个途径的精确性和客观性，而艺术，用经典的话语说，是要检验这个中间过程是不是给我们带来美、自然和生命力。但这个中间过程又很容易在我们的探究过程中被固化、模式化，就科学而言，就成了技术垄断，就艺术而言，就成了各种话语和口号的垄断。这种垄断，使本来需要相互通达的两头——思想和语言、感受和作品——反而隔开了。这在当代艺术中体现得特别清楚。

一般我们都承认，人类如果没有语言的话是没法思想的——正如艺术上，没有各种艺术技法或程式，我们无法去体察万物的情状。但是这决不是技法决定论。陈老师在他的讲稿《言意新辨》中反驳了语言决定论，这对我们反思技法决定论很有启发。桥梁不是稳固的，艺有法而无定法。作品和语言一样，都不是个可以跟那个"思想内核"分离开的包装——当代许多艺术话语其实就是各种各样的包装——而应该是道路。这是陈老师喜欢的一个比喻，也是我和许多艺术家的喜欢的比喻。

大　懿：但是，类似"道路"或"大地"这样的隐喻这些年来已经在当代艺术中用得很多了。

楼森华：当然，它有陷入一种"行话"的危险。所以我觉得应该更认真地来看待这个比喻。跟语言一样，道路也有规则。这些规则既是约制着表达和行走，同时又为表达和行走提供了创造空间，甚至规则本身就是在创造性的表达和行走中不断显现和得到证实的。我们的思想和感受既在要求理解——在语言、在作品被可理解地表达出来，让大家都懂。但除了"懂"之外，还要有拓展有提升。没有拓展提升的懂就像死胡同一样，很快会淤塞我们的行走和表达空间。而艺术，就其平易一面，就是让大家都懂，就其高明一面，就是要拓展和提升，对这个世界也好对人性也好，它都在推进一个不停地发现或者说修正的过程。但这种发现和修正是不能通过观念来完成的。就像道路不能只通过规划图纸或地图来扩展。这就涉及当代艺术一个很普遍的问题。很多人，包括我自己，年轻的时候都觉得艺术要拓展，要革新，要改变，要不同，所以去借助于各种新的观念和理论。但是慢慢地我发现，观念不能给我们带来自由。所有的自由，都来自很强烈的一个约束，就是对规则的熟练的掌握，就是表达的自由。道路的推进也是这样，需要忠实于我们行走的基本规则的同时才能开辟行动的自由空间。就跟语言学习一样。

大　懿：所以人们通常都说艺术也是一种语言？陈嘉映老师对于语言的思考是在这个意义上影响你们的吗？

楼森华：绘画如果说有语言的话，它是一种不完全像字词语言那样的语言，而且很可能很多人不承认这是语言，这可以再探讨。但我从陈老师那里得到的启发是，语言本身并不是一个独立于所表达者之外的表征系统。前面那个"道路"的比喻其实已经说清楚这个问题了。比方说我画一颗石头，其实都是笔触，一些符号，但是看起来像颗石头，那么什么原因呢？它是对自然界的石头的一个翻译，我有时候愿意这么说。

大　懿：绘画是翻译，这种说法很有意思，能再多说些吗？

楼森华：无论是写作还是口头表达，语言都是很多个层次的，如句法、字、词等等。其次广义上的任何语言都是这样。而不同种类或层次的语言之间要理解的话，其实都是需要翻译，这时就是在检验它们之间的通约性。翻译的时候是没有一对一的关系的，而是一个系统对另一个系统的关系。如果我们认为绘画是有语言，或至少有一种"语言性"的话，上面这些想法对我们画家就会很有启发。因为，一个系统对另一个系统的关系，就不是一般意义上的"解释"、"说明"，不是可以条分缕析的。陈老师在讲稿中说，翻译是表达的一种，是换一种方式重新表达。这种重新表达的过程，在我看来，实际上就构成了艺术史——艺术史既有求新异的一面，又有守原本的一面，正如道路既是不断延伸向陌生的境遇并变换通达方式，又不断返回并改变着我们的故有居所。陈老师在他的文章中引用海德格尔说"日常语言是精华尽损的诗"，并且说，有人修道，有人行道。我认为，现实世界可以看成是精华尽损，或至少是"日损"的作品，而艺术就是在修复它。这也是陈老师所说的"筑路"。

大　懿：你能否具体点说明，你是怎样在创作时"修复"的？

楼森华：维特根斯坦和本雅明都有类似的说法，就是我并不说明什么，我只是在显示：也就是向着某种观看去成形。我作画时，状态无非就那么几种。有时是看到什么就画什么，有时是我想到什么我画什么，还有时是画着画着可能画成了什么，然后我就开始想开始回忆——就此而言，绘画中会出现不同的"中间状态"。不同的状态各有其不同的难度和不同的要求。看到什么画什么，一般可以称为写生，当然也可以包括漫画、速写等等的变体。画的时候会有所发生，就会形成一个观察。但这种观察并不是用肉眼看那么简单，还有心眼的看，就是说带着理解。那理解又涉及到知识的系统，当然还有感觉的成分，感性的问题，还有情绪的成分，还有历史的经验的这种记忆。这些东西都会影响我们的观察观看。或者说，它们都在"被看"的同时也期待着被"修复"。当这种"修复"指向所谓"真相"或"真理"的时候，它就表现为一种见证的力量。我们人类对观看有种天然的期待，所谓"看到真相"，或者"亲眼看到"，都表明，我们希望观看是一种见证。而见证本身又是一种关怀，是"修复"的起点。比如我们只有见证了某种苦难或者失落或遮蔽，我们才谈得上去修复它。举个简单的例子，我要画一个不在我眼前的人，比如我画我爸，我爸已经不在了，我其实没办法把他画下来。但如果我已经画过他很多的话，我能记住他的大概——好像能记住，记起来，可是落笔的时候我就不知道在哪里。那么我只能试试看，试到画得有点像为止，或者参考一个照片，但即使是这样我还是要有对人的普遍性的理解：在普遍性中观照出个别性，我想这就是康德所说的判断力的意思。我爸这个人他的样子是跟所有其他人的特征不一样，那这些基本特征就是我们学画的人长期以来有的一个知识系统，或者说对基本的形、结构等等的知识，我会用这些东西来修正自己最初所尝试的那个起点。但是尽管这样还是很难，假如没照片，几乎不能做到。很多人以为画画的人和做艺术的人的眼睛跟别人不一样，我觉得没有太大的不一样。观看所牵连的东西都是差不多的。不一样的主要是表达能力，熟练地参照表达系统并进行修正的能力。这就是一种"思"。

大　懿：*可能有人会认为，完全不做这类的思考也能做艺术的表达。*

楼森华：当然。但这样思考有一个好处是，不会只局限于眼睛的直接感受，而是可以表达你理解的东西。而只要是理解，肯定意味着某种思想，而思想就意味着语言的参与。在陈老师的讨论班上我们也说到形象思维。我当时提了个问题：形象思维算是思维吗？还是打问号的。一位艺术家朋友当时就提出能不能不用这个"恶心"的词，这或许是因为之前人们滥用这个词作出许多概念化的解读。但是我自己认为，一个人从感受到表达到行为的一连串"作"，也算是思想朝向表达成形的过程。"作"中有"思"。就我自身而言，艺术学习和创作的生涯，本身是离不开语言和理论操练的。我的手工活动从来都伴随着修辞表达和概念思辩、社会观察和媒介运用等等多个向度的自我学习。写诗，拍录像，做文案，读理论，等等。这也可以说是绘画语言之前的语言操练。所有的艺术家都是社会人，都需要这种语言操练，甚至比一般人更需要。波德莱尔说过，艺术家是跟社会中一切人打交道的。

大　懿：*但是艺术家，尤其是画家不是更重视手工吗？你的朋友们最佩服你的也是你的造型能力，手上的功夫，而不是嘴上的语言或脑子里的思想。*

楼森华：这是一个经典问题了。人们习惯于说，艺术家从古以来都是从他的手工来建立他的地位的，而今天的许多当代艺术更多的是依靠观念，手工劳动成为观念甚至是语词的点缀。这既对，又不对。这次陈老师的文章中引用了爱因斯坦关于他自己语言表达的一段话，我印象特别深。爱因斯坦说他思考时并不动用语言中的语词，他是在调用各种组合符号和形象，他特别说到，这些形象是"视觉的还带点肌肉类型的"。你能说科学家不动用身体或感性手段吗？再比方说，一个医生开刀的时候，他肯定不说话，但是不是脑子里没有用字词在思考呢？这应该是有的，但是不是完全是这样呢，可能又说不清楚了，好像又不是了。但是他的动作本身也是有思维的，也是遵循某一套法则，手术刀由此跟环境发生关系，一套与之相应和的动作就会产生，这套动作你也可以当成是某种语言。这种语言，有时像是在幽暗中进行的，靠的不仅仅是眼明手快。像黄宾虹晚年眼睛不太好的时候，其实是半摸索着作画的，哪怕在看不清的时候，他也能表达。你如果说他是凭经验，那这种经验正是一种非常接近我们所说的语言的经验。正如陈嘉映老师说的，汉语就是浸润在切身经验之中的语言，我们理解汉语，是连着我们的经验来理解的。所以，我更愿意把手工当作我们整个贯通身心的思想—表达系统的一部分，当然是具有引领性的一个部分。

大　懿：但是我们认为，艺术家的手工跟其他手工是不一样的，比如说，艺术能够传神。

楼森华：没错。所以我说艺术家的手工是引领性的。对于传神这件事情，我相信传神在其后的，不是在之先的，就是说我们没有一个凌驾于我们之上的这样的神，而是在我们做到了——什么是做到，当然有标准，这另外说——之后，神才在我们的做和看中"传"出来，"传"下去。换句话说就是，你把实做实了，那虚也自然就虚了。"神"，就我们中国人的主要用法，是当形容词来用。是一种感觉，一种状态，更是指达到了某种特别的效率：艺术就追求这种效率，用许多看似无效的方法，突然整合成这样一种效率。它往往很意外，跟我们平时想要的，或者见过的很不一样。这正是艺术家要追求东西，否则的话，不光是不能吸引人的眼球，而且最终没办法让一个事物复活，那么一张作品只是成了一个装饰，或者成了一个观念的图解。科学也有其神的一面，西方科学最初进入中国，或者进入现代世界的时候，就往往给人以"神迹"之感。我学医时就有这种体会，科学系统恰恰是一个更神的存在，而且能让我们觉得平凡的东西就很神。有一句希腊名言就叫做这个世界之所以神奇，并不是它怎样的存在方式，而是它居然存在，它存在本身就很神奇。这一点在科学和艺术上一样的。我以前看《宋画全集》，最强烈的感受就是前人能静下来，真的很真诚很虔诚，做的很老实，也就是只有两个字表达就是老实，就像孔子对《诗经》的评价：一言以蔽之，思无邪。而医学，或者说广义上的科学，对人类，或至少对我，也有这样的影响：不信邪，不思邪。没有邪，就是神。反过来说，传神就能去邪。不然就是装神弄鬼了。

大　懿：你跟一般的艺术家真是不一样，眼界非常宽广。但是艺术毕竟有它本身的独特性，跟科学或者技术并不一样。

楼森华：当然。但是如果艺术跟其他门类不相通的话，它的独特性就只是一个噱头，它就容易在资本的推动下被神秘化、偶像化。它的独特性只有在跟其他门类的共通之处去体会，正如一门语言的独特性只在它被翻译或者去翻译别的语言时才能真正体现出来。当我在尝试不同方式的语言参与的时候，比如在读或写诗歌的时候，我会突然得到一种跟写书法或者画画等相通的感觉。但法门不同。音乐和美术之间也有类似的关系。有人会说电影是一门综合性艺术，但是我觉得电影并不是我们所说的集文学、摄影、美术和音乐于一身：是又不全是。它是一个新的、独特的表达，也可以说它是在试图把之前的艺术语言置换成一种新的语言，成为电影语言。那天也探讨了电影语言，遗憾的是没有很深入地探讨下去。曾经有人把绘画的语言分解成什么形体、结构、空间、色彩、明暗这些因素，甚至于线条又分成多少多少种，就相当于组成音乐的音符一样，康定斯基就是这么做的，但是似乎不是那么成功，康定斯基的画我本人也不那么喜欢。但是他所诉诸的这个相通的道理倒是没错的。抽象艺术运动本身就是在尝试翻译的可能性，希望绘画能像音乐那样被纯粹地按照某种元素和组合方式提取出来。少数画家的作品我觉得还是蛮打动人的，但大多数抽象画家好像不能表达什么。这也是后来绘画遇到危机的一个原因。

大　懿：那么是不是所谓的具象画家写实画家就能表达什么呢？

楼森华：这又是个老问题了，但是跟一切老问题一样，有重新理解的必要。首先，你所指的肯定不是符合论意义上的"写实"吧？

大懿：应该不是吧。这不是早就被抛弃了吗？所以有"具象表现"之类的新说法出现。很多人认为这类运动才能够带来绘画的复兴。

楼森华：符合论肯定不太对。我画东西就为了符合我眼睛看到的东西，这个在我们这个时代大家都觉得是蛮肤浅的艺术理论。但事实上人类是长期这样走过来的，这个符合论里面也做了很多伟大的作品。反符合论也不像许多人以为的那样容易。谈到这个的时候，有时要承认，我们的艺术观念并不一定跟我们创作的质量就完全挂钩。这当然是另一个问题了。陈老师给我和我的一些朋友的吸引力就在于，不是急于去依靠某种理论，而是在对问题作新鲜、质朴的思考的同时，拓展本来已经为我们实践多时的感受和行动空间。"符合"，就古语的意思而言，指的恰恰不是两个东西的重叠，而是拼接，一种自然的"衔接"，如果这样来思考，我们的眼界就会打开许多。比如，如果我们去写生，对自然形象肯定是比较依赖，但是同时又要摆脱一些，否则的话是无法进入的。哪怕就是照片也不就是跟对象的重叠，对象总会在某些方面得到反映，某些方面得不到反映。跟语言表达一样，绘画表达并不是制造出一个表征系统去覆盖对象，而是跟对象生长，或者说让对象在向着观看的成形过程中跟作品一道生长。这时，我们关注的不是对象是不是全部被反映出来，而是其中本来被掩盖在积习之下的那些面向被"翻新"、"翻转"过来，所以，对象从作品中生长出来，让人觉得很像、很符合的时候，也总让人觉得新奇，让人看到日常经验的"翻转"和"翻新"。这就又跟"翻译"的意思联通起来了。艺术作品既是对我们的观念的一种翻译，同时也是对眼前的形象的翻译，也是对我们经验的翻译，所以它是多重信息的一个翻译的结合体。言说也是这样。你问我问题的时候，我是想把它分开来说，但是我们在感知和理解的时候它仍然是一个整体的，整体的没法说，只要一说就照顾不到别的。所以做艺术的人有一种本事，就是同时解决很多问题，同一个时间里解决不同的问题，这是艺术家训练以后的一种本领，一种能力，也是某种天赋带来的东西。

大　懿：你周围的朋友也确实都是这样评价你的，能同时忙各种不相干的事情，各种"跨界"。从早年学医到后来考美院，就是很大的跨界。早年也玩过各种时髦的艺术形式，现在又同时画油画和国画。能不能谈谈你这方面的经历？

楼森华：差不多在90年代初的时候，我一度真的认为传统（包括经典现代主义意义上的）绘画和造型艺术都过时了，已经趋向死亡了，所以我就尽可能去探索装置、录像或者表演等形式。但是后来，在阴差阳错、愿意或不愿意地承担各种层次和门类的艺术史教学的过程中，慢慢发现，这个世界是无穷无尽的。你不能说中文死亡了或者英文死亡了，哪怕拉丁语、希腊语你也无法说它死亡。它还可以产生不同的哲学、文学，哪怕是在翻译中——或者翻译和重新表达本就是人类语言的生长机制。包括艺术。现在大家也都认识到了，不然不会又突然这么重视传统。其实每一种依托某一种媒介的或者某一种语言的表达，都是不可穷尽的，都在随着生命的拓展、历史的演进而不停地推进。所以，我就决定，放弃跟随当代艺术的展览机制去"制作"作品，而是从我最亲切和擅长的开始，回到"初心"——肯定是最想做的事，就是画油画。我毕竟是油画系毕业的，当时国美油画系也是英才辈出，有许多非常优秀的苗子，有时甚至好的同学能起到老师也起不到的作用，互相之间有竞争，也有参考，能共同探讨、推进。油画的一个基本问题——说得严重些，也可以说是个缺陷，对中国人而言的缺陷，就是它是西方的以色彩为主的语言，对应着西方社会风物的质地和情状，以前大家都没有出国的机会，都是去纸上学，所以似乎都不太可能做得很地道，但是真有所谓的"地道"这一说吗？那个时候陈丹青他们出去以后，好像眼界打开了，觉得那个地道不重要了，但反而又有点不知所云了。我自己在画油画的时候重视对形象本身以及气氛、色彩的把握。越年轻的时候，越倾向于用油画语言来表达。后来可能是有些东西慢慢地淡了，就觉得水墨画也能达到某种表达的契合性。不过到现在为止，我还是很想用油画来表达，但是只是因为生活本身的遭际，我还在争取为此所需的人际环境，以及劳作时间、空间条件、材料条件等等。有了这些条件，才能做工作量很大的那种巨型的油画创作。我对油画创作的想法其实都是很大的计划。这些大计划悬在空中，落不到实处，当然非常痛苦，但是还是没有放弃画油画的想法。虽然很多人更看好我在国画。

　　大　懿：确实是这样，你最近做的几个展览都是国画方向的。

　　楼森华：说到中国画，我自己追求更多的是贯气和畅达。因为它是我们本土产生的表达系统，所以地道与否是次要的，也就是说，古代的范式因为跟我们太亲熟了，跟油画天然带有的某种异域性和现代性不同，反而可能在另一种方式上构成障碍。面对宣纸、水、墨这样的软性材料，可变性非常多，每次落笔都有可变因素，像写书法的那种感觉，因为没办法修正。在这个意义上说，它的表达是非常艰难的。这种艰难使得学中国画的人不得不依附于一种图示。先去学会一个基本的共性的规则，用来上手，但上手以后又容易被这个东西局限。很多人对我的国画极力鼓励和赞美，但是我自己把这些更多当一种鞭策。因为条件所限，现在只能多画点小情趣的画，其实我自己很不满意。

　　大　懿：那你未来的规划和方向是什么？

　　楼森华：我的艺术生涯总结起来说，就是各种长期规划的落空。其主要原因就是我既对新的东西不满，又对旧的东西不满，其实是一种很尴尬的境遇。说得好听点就是走在中道上吧，其实又不是，两边牵扯得蛮厉害，挤压得很厉害。既有压迫感，同时又有一种疼痛。在我自己认为我画国画也还算比较地道，油画也比较地道。对油画的探索，尤其在基本的造型方面，像素描、速写以及色彩等等，其实都是在毕业以后，跟着考前班的学生一起钻研进步的。这个过程持续了二十年。后来又去研究古代工艺，家具、瓷器什么的。都是随工作安排而自然或被迫地在左右前后上下地挣扎。悬在那里。总是无法有个整体的规划。这当然会有焦虑，后来慢慢地也就开始释怀了，释怀的原因既是自己的无能，或者是某种放松，还有一种就是对命运的屈服，各种方面都有。但是，并不意味着我会只守住一块领地，相反，我觉得可能这时才有一种自由度开始产生。人家说五十知天命，那我也应该知天命了。我比较晚熟，四十而不惑的时候我肯定是惑的，五十知天命，天命是什么可能也不知道。但是有一点是确定性地知道，什么不可为，哪些东西不可为，有些什么不当的，不该的。这又是上面说的，道路在遇到边界的时候才是它拓展和延伸的契机。我现在越来越知道自己需要承认某些制约，承认有限性。它才是丰富性和自由的起点。这也是孔夫子所说的"六十耳顺"、"七十而随心所欲，不逾矩"的意思吧。人在接近并接受它的边界的时候，才开始配得上自由。艺术就是在释放这种自由度。国画和油画这两方面，我都会推进，并且用我自己的实践去检验两者之间以及各自的边界在什么地方。我愿意在这个方向上使未来的创作成为对这种自由度的检验。

张见：蓝色假期之四　70cm×50cm　绢本　2015

Poetry
Construction

诗·建設

笔
记 Notes

张见：《藏春册》·镜花 (2)

博弈第一

江弱水

一　博弈有别

要讲诗的发生学，讲诗的写作机制，我认为可以从博弈论讲起。诗跟赌博有什么关系？又跟下棋有什么关系？还真有关系。因为写诗本身，就像一场赌博，或者一局围棋。

我们看过电影《美丽心灵》，里面的男主角纳什因为博弈论方面的贡献获得了诺贝尔奖，但那个博弈论只是Game Theory的中文翻译，原意是指赛局理论。中文里博弈连称，其实两者有重大不同。《论语》里孔夫子说："饱食终日，无所用心，难矣哉！不有博奕者乎？为之犹贤乎已。"朱熹便注明："博，局戏；弈，围棋也"，可见博和弈不是一回事。古来博戏有许多种，樗蒲、握槊、双陆、打马，形形色色，但关键都在于掷采，也就是扔骰子。清代的焦循说："盖弈但行棋，博以掷采而后行棋。后人不行棋而专掷采，遂称掷采为博，博与弈益远矣。"我这里说的博，或者说赌博——博是方法，赌是目的，棋也可以用来赌的——就以掷骰子为代表。因为打牌，比如打麻将，还不完全凭运气，抓到一手好牌或者坏牌靠运气，一张张打出去还得靠技术，高手能慢慢挽回一副坏牌的败局。但谁都清楚，掷骰子最简单，靠几率，赌运气，没什么技术含量，就像班固《弈旨》说的，"优者有不遇，劣者有侥幸"。掷骰子其实就是跟命运对赌，是与天为敌（against the Gods）。而弈就是下棋，本义是下围棋，但下象棋也算，胜负全由人力决定，靠理性，比算度，属于马融《围棋赋》所谓"深念远虑"的事。

王国维有一篇《人间嗜好之研究》，其中说到博与弈，对两者的区别说得非常到位：

　　且博与弈之性质，亦自有辨。此二者虽皆世界竞争之小影，而博又为运命之小影。人以执着于生活故，故其知力常明于无望之福，而暗于无望之祸。而于赌博之中，此无望之福时时有可能性，在以博之胜负，人力与运命二者决之，而弈之胜负，则全由人力决之故也。又但就人力言，则博者悟性上之竞争，而弈者理性上之竞争也。长于悟性者，其嗜博也甚于弈，长于理性者，其嗜弈也愈于博。嗜博者之性格，机警也，脆弱也，依赖也。嗜弈者之性格，谨慎也，坚忍也，独立也。

　　由此说到诗的写作，说白了，有的像是赌博，有的像是下棋。或者，有时像是赌博，有时像是下棋。赌博的多凭运气，下棋的要靠人工，写诗的也各自依仗灵感或技艺。你看，我只不过是变着法子来讲诗是怎样产生的老话题。我们总在谈灵感，谈来谈去谈了两千多年，但从来就没有一个人讲写作，能像刘勰《文心雕龙·总术》借博弈之别讲得那么精到：

　　是以执术驭篇，似善弈之穷数；弃术任心，如博塞之邀遇。故博塞之文，借巧傥来，虽前驱有功，而后援难继；少既无以相接，多亦不知所删，乃多少之并惑，何妍蚩之能制乎！若夫善弈之文，则术有恒数，按部整伍，以待情会，因时顺机，动不失正。数逢其极，机入其巧，则义味腾跃而生，辞气丛杂而至。视之则锦绘，听之则丝簧，味之则甘腴，佩之则芬芳，断章之功，于斯盛矣。

　　刘勰在打比方。下棋的人试图穷尽各种可能（"穷数"），赌博的人却碰到什么是什么（"邀遇"），偏巧好句子就意外地来了（"傥来"）。但怕就怕开头虽然好，后面跟不上（"虽前驱有功，而后援难继"）。好的太少呢，凑不足数；好的多了呢，又不知道该去掉哪些，总之是不识好歹，犯糊涂了。下棋的人却大抵有一个很稳定的发挥（"恒数"），选义按部，考辞就班，等待情思凑泊、灵感到来的"机""会"，才不会走岔路。
　　我们不妨读一读川端康成的小说《名人》，写日本的本因坊秀哉名人引退前与木谷实下的一盘旷日持久的棋。细微的棋，非常细微的棋。小说中提到吴清源对此局的评论，稳健，稳重，稳扎稳打，连用了四个稳字。又写对局室里简直是鬼气逼人，棋盘上黑子与白子不动，却好像有生命的精灵在同你说话，棋手落子的声音那么大，仿佛响彻世界。黄秋岳《花随人圣庵摭忆》里说："就弈技言，能稳、冷、狠者易胜。"（《弈术与政术》）这与王国维所谓"嗜弈者之性格，谨慎也，坚忍也，独立也"如出一辙：谨慎所以稳，坚忍所以狠，独立所以冷。黄秋岳从棋手的性格联想到诗人钱谦益，说他为人工于心计，稳、冷、狠三者都大有心得。钱谦益降清之后，不忘故国，与郑成功阴相策应，但最终不能成事，"习于稳冷，故不能出以慷慨耳。"慷慨是什么？是豪气干云的骰子的一掷！

弈棋冷静，人称"手谈"，掷采却慷慨热闹，是大呼小叫的事。古人常说"呼卢喝雉"，五个骰子，四黑一白为"雉"，是次胜采；五子皆黑为"卢"，是最胜采。掷骰子的，边搓边抛边叫，巴望掷出最高的点数，就叫"呼卢喝雉"。李白是赌博型的诗人，有"千金散尽还复来"的赌性，所以一谈到掷骰子就眉开眼笑，好像赢面比较大："有时六博快壮心，绕床三匝呼一掷。"（《猛虎行》）"六博争雄好彩来，金盘一掷万人开。"（《送外甥郑灌从军三首》之一）杜甫则是弈棋型的诗人，赌运估计不大好，所以偶尔写到赌博，虽快壮心，不来好彩。有他的《今夕行》为证："咸阳客舍一事无，相与博塞为欢娱。冯陵大叫呼五白，袒跣不肯成枭卢。英雄有时亦如此，邂逅岂即非良图。""邂逅"就是不期而遇的"邀遇"，"不肯成枭卢"就是掷不出好彩，老杜悻悻然自我安慰道，英雄重在参与，偶然不遇未必不是好事吧。

二　赌徒的诗

西方文论讲诗的发生学，大体可归为两派，一派主灵感，一派主技艺。前者是博，后者是弈。

灵感派最早的代表是柏拉图。我们都知道他那有名的说法："若是没有诗神的迷狂，无论谁去敲诗歌的门，他和他的作品都永远站在诗歌的门外，尽管他自己妄想单凭诗的艺术就可以成为一个诗人。他的神智清醒的诗遇到迷狂的诗就黯然无光了。"（《斐德若篇》）"凡是高明的诗人，无论在史诗或抒情诗方面，都不是凭技艺来做成他们的优美的诗歌，而是因为他们得到灵感，有神力凭附着。"（《伊安篇》）诗人是神的代言人，写诗凭神力而不是凭技艺，这一神秘主义的诗的发生学，对浪漫主义影响极大。浪漫主义者认为诗人是天生而非人为，所以诗是天赐而非人造。雪莱《为诗辩护》说："人是一个工具，一连串外来和内在的印象掠过它，有如一阵阵不断变化的风，掠过伊和灵的竖琴（The Harp Aeolian），吹动琴弦，奏出不断变化的曲调。"柯勒律治在梦里文思泉涌，作诗两三百行，醒来急取纸笔写下，却被访客打断，只得片段《忽必烈汗》，成为诗乃上天之馈赠的经典案例。这种占卜扶乩式的诗学，现代主义者都认为很不靠谱，本来已日渐低落了，却在里尔克身上得到提振。经过无数个日子的孤独烦闷无聊之后，在1922年的冬天，在瑞士的缪佐城堡（Muzot），里尔克忽然又"听到宇宙的声音"，于是一周之内，一气呵成，创作了《杜伊诺哀歌》和《致奥尔菲斯的十四行》。"我的心灵和精神从未承受过如此激荡，到现在我还在发抖……"

你看，这就是赌徒的诗学。在这种情况下，不是诗人在用语言表达自己，而是语言在通过诗人表达它自身，是语言蜂拥麇集到诗人身上来寻找出口。诗人只是消极的容器，是试管，是核反应堆，让语言的各种元素在其中碰撞，化合成新的东西。《庄子·大宗师》曰："今之大冶铸金，金踊跃曰：'我且必为镆铘。'大冶必以为不祥之金。"当一位大师写作，也就是大冶铸金，那些语言的金属元素都踊跃向前，期待被选中，被纳入奇妙的排列。

从本质上说，赌徒其实是被命运控制的消极被动者，王国维所谓"嗜博者之性格，机警也，脆弱也，依赖也"。但大众不这样看。在他们心目中，诗人都是赌徒，大诗人是赌神，李白呢，赌圣。这样的形象最能够满足大众对诗之所以是诗、诗人之所以是诗人的想象之标配。你想好了，李白斗酒诗百篇，大家前呼后拥着，"来来来，大诗人来一首"，于是摇笔就写开了："君不见黄河之水天上来，奔流到海不复回。君不见高堂明镜悲白发，朝如青丝暮成雪。"不得了，骰子一抛都是六六六，牌儿一翻都是同花顺！就像严沧浪说的，"太白天才豪逸，语多猝然而成者。"你要是说李白还得打腹稿，还得皱着眉头苦思冥想，大家便会看低了他。大众只崇拜天才。什么叫天才？天才就是空手套白狼的主儿。天才（genius）跟天赋（gift）不一样。有人说，有天赋的人能够射中别人射不中的靶子，而天才能射中别人看不见的靶子。"花间一壶酒，独酌无相亲。举杯邀明月，对影成三人。"这样的诗纯属无中生有。而杜甫的诗是有中生有，于是便落了下风。

不仅大众崇拜天才，天赋出众的大作家也崇拜天才。福楼拜是现代小说的开山鼻祖，他谈文论艺，照钱钟书的评价，在西方人中是"顶了尖儿"的。他在书信里谈写作的甘苦，苦情多而甜头少，所以他想不通，有人怎么就写得那么轻松呢：

　　有一件事是可悲的，那就是看见伟人们怎样轻松地在艺术之外影响强烈。还有什么比拉伯雷、塞万提斯、莫里哀、雨果的许多作品架构得更差劲的东西？然而，那是怎样骤然打来的拳头！单单一个词就有怎样强大的力量！我们，必须把许多小石头一个一个垒成自己的金字塔，这些金字塔也顶不了他们的百分之一，而他们的金字塔却是用整块的石头建造的。但想模仿这些人的创作方法，那会使自己迷失方向。他们之所以伟大，反而是因为他们没有方法。（致路易丝·科莱，1853年3月27日）

"他们没有方法"，其写作一片神行，无迹可寻，令人百思不得其解。比如说，有人写了十几二十年，仍然长进不大。有人初入道，随便一写，有了，好了。他没受那么多的文学规训，读的书不及你百分之一，写的字不及你十分之一，但他一出手就赢得满堂彩。这样的人真让你泄气，像袭人被搗了窝心脚，"不觉将素日想着后来争荣夸耀之心尽皆灰了"。你写不过他呀！就像打麻将一样，他一抓就是一手好牌，你呢，却永远是一四七三六九，张张不连，先天已亏，后天无补，只好认输。

三 棋手的诗

但问题是，柏拉图的迷狂说在西方虽然也有信徒，却是少数派。另一派主技艺，从古罗马贺拉斯的《诗艺》到17世纪法国布瓦洛的《诗的艺术》，都偏重理性，强调摹仿，推崇清晰和谐的秩序。浪漫主义开始打破这些东西，注重情感，高扬个性，追求创造性的想象。而到了现代主义，又对浪漫主义进行反拨，像瓦雷里、T.S.艾略特这些大师，重新回到了古典主义讲究精确的效果对等的路子上。等到理性得太过分，来了超现实主义的一个反转，又是纯任激情的歌唱。所以说，西方文学的主流观念，一直在天才跟人工之间，在理性与激情之间，在古典主义与现代主义的着意安排和浪漫主义或超现实主义的随机感发之间，呈波浪或钟摆一样的运动，但总体上来看，柏拉图式神秘主义的诗的发生学处于下风。

中国古代文论中，从陆机《文赋》的"应感之会，通塞之纪，来不可遏，去不可止"，到刘勰《文心雕龙》的"秉心养术，无务苦虑；含章司契，不必劳情"，都讲到灵感的神秘与重要，但他们的论述中占压倒多数的还是"选义按部，考辞就班"、"权衡损益，斟酌浓淡"的创作法。实际上，中国古典诗人的常态，是艺术上高度自觉，讲究律法，注重推敲，所以最推崇"新诗改罢自长吟"、"晚节渐于诗律细"的杜甫，李白的传人千载寥寥。

外行人都喜欢以不可知论来看待诗的起源，好像不疯魔不成诗。殊不知，写诗最讲究实际操作的经验和技能，是一种细致的手艺活。茨维塔耶娃将自己的一部诗集命名为《手艺集》，她说："我知道维纳斯心灵手巧，作为手艺人我懂得手艺。"聂鲁达自传里有一章，题目就叫"写诗是一门手艺"。《冷血》的作者杜鲁门·卡波特则认为："连我们最极端的反叛者乔伊斯都是一个出色的手工艺人。他能写出《尤里西斯》是因为能写得出《都柏林人》。"

诗是手艺活，手艺的结果就是一个个静态的文本，哪怕其中包含着白炽的情感，都得花工夫冷淬水磨而成。许多关键的字词，要经过一番海选，不断试错，才能最后找到那个唯一。所以贺拉斯在《诗艺》里说："你们若是见到什么诗歌不是下过许多天苦功写的，没有经过多次的涂改，那你们就要批评它。"为了得到理想的效果，诗人就要付出繁剧琐细的努力，就像福楼拜，花五天时间写了一页。就像王尔德，一上午在花园里想着他的诗，结果是去掉了一个句号。就像巴别尔，一个句子常常写上几十遍。就连浪漫主义诗人，嘴上自夸灵感附体，暗地里却百般修饰，改个没完。这是后人研究他们的手稿和版本得出的真相。所以，T.S.艾略特在《批评的功能》中认为："一个作家在创作中的一大部分劳动可能是批评活动；是筛滤，组合，构建，抹擦，校正，检验。"瓦雷里在《诗学第一课》里也说："一部作品是长久用心的成果，它包含了大量的尝试、反复、删减和选择。"

这是弈棋型的诗。写诗就是下棋，下棋是理性上的竞争，棋手得稳，冷，狠。弈棋型的诗人必须是精算师，要耐心地从众多的可能性中追求最佳，或者说从众多的偶然性中寻找必然。长考型的棋手，棋手型的诗人，其下棋和写诗的过程就是做多项选择题，要尝试各种可能性，如梁武帝《围棋赋》所说的"今一棋之出手，思九事而为防"，每一个子，每一个字，都要细细地掂拨，用秤子上称出，从筛子上筛来：春风又到、过、入、满、绿江南岸！

在弈棋型的诗人看来，赌博型的诗人下笔兔起鹘落，着实令人艳羡，可惜有时接不上劲儿，总是出现漏着、昏招和败笔。顾随的《东坡词说》每以博弈立说，精彩至极：

即以博弈而论，谚亦有云：棋高无输，牌高有输。其故亦在穷术与任运。饶你赌中妙手，无如牌风不顺，等张不来，求和不得，仍是大败亏输。若棋则不然，高手决不会输。若偶尔漏着，输却一盘，定是棋术尚未十分高妙也。然而此亦言其常耳。若是手气旺盛，则虽赌场雏手，无奈他随手掷去，尽成卢雉。此则东坡词中所谓六只骰子六点儿，赛了千千并万万者。饶你多年经验，不免向他雏手手中，落花流水一般纳败阙也。若是著棋却不然。纵使高手，倘遇劲敌，所差不过一子半子，即使费尽心机，赢则决定是赢，输则决定是输，而所赢仍不过此一子半子，决定不会揪枰之上，黑子尽死，白子尽活也。虽曰文事不能全类博弈，然而那颟顸，那不经意，甚至那不自爱惜，有时如著棋，真能输却全盘。

顾随拿苏东坡做例子，说他属于赌博型的诗人，每每开篇若有神助，但写着写着，便颠顸不经意起来，惜哉弈术疏，奇功遂不成。他的天才已经被神话了，但真正老于文章的人能看得出来，他常有疏漏。周济说过："东坡每事俱不十分用力，古文、书、画皆尔，词亦尔。"苏东坡是全才，要什么有什么，可哪样都不特别用功，文不加点，基本上属于不改的人，这就容易出漏子。章士钊抗战时在重庆与周弃子论诗，说："东坡先生学太富，才太大，意到笔行，无施不可，欠锤炼亦不必锤炼。"但真的不必锤炼么？周弃子就不同意："其《读孟郊诗二首》有句云：'要当斗僧清，未足当韩豪。''饥肠自鸣唤，空壁转饥鼠。'两用'当'字、'饥'字，改之甚易而不改，即涉粗疏之病。若少陵、义山、后山、荆公，皆断无此病也。"（高阳《弃子先生诗话之什》）朱熹早就说过："坡文只是大势好，不可逐一字去点检。""坡文雄健有余，只下字亦有不贴切处。""苏子瞻虽气豪善作文，终不免疏漏处。"（《朱子语类》第一三九卷论文上）之所以有这些非议，还不是因为东坡为文欠锤炼么？相对来讲，东坡高明之性不耐沉潜，其写作偏向于掷骰子而不是下棋。据彭乘《墨客挥犀》，苏东坡自己也承认平生有三不如人：下棋、吃酒、唱歌。其《观棋》诗序也说"予素不解棋"。

四　博弈相济

六只骰子六点儿，赛了千千并万万的苏东坡，谈起创作经验来真个是欢天喜地："某生平无快意事，惟作文章，意之所到，则笔力曲折无不尽意，自谓世间乐事无踰此者。""吾文如万斛泉源，不择地而出，在平地滔滔汩汩，虽一日千里无难。"

可步步算计的福楼拜，一说到写作就老是愁眉苦脸：

（六个星期写二十五页）这二十五页写得真辛苦呀。我写得太精细，抄了又抄，变了又变，东改西改，眼睛都发花了，所以暂时看不出问题。不过我相信这些页都能站住脚。——你还跟我谈你的气馁呢！你要是看看我怎样气馁就好了！有时我真不明白我的双臂怎么没有疲劳得从我身上脱落下来，我的脑袋怎么不像开锅的粥一般跑掉。我活得很艰难，与外界的一切快乐隔绝；在生活里，我没有别的，只有一种持久的狂热支撑自己，这种狂热有时会因无能为力而哭泣，但它仍持续不断。我爱我的工作爱到迷恋的、邪乎的程度，犹如苦行僧穿的粗毛衬衣老搔他的肚子。（致路易丝·科莱，1852年4月24日）

对照川端康成的《名人》：

（经过一小时零九分长考，白走了第九十四手）名人时而闭目养神，时而左顾右盼，时而又强忍恶心似的耷拉下头，痛苦万状。他一反常态，显出有气无力的样子。也许这是在逆光下看名人的缘故吧，他的脸部轮廓朦胧松弛，仿佛是一个鬼魂。

人类精神的创造过程，远不像终端产品那样美妙。蓬头垢面，失魂落魄，这才叫"意匠惨淡经营中"。但这样的苦行和鬼相，不为人知，人亦不乐知。世人欣赏的是捷才，喜欢的是快钱。赌徒的胜利来得容易，棋手的成功取得辛苦，人情好逸恶劳，所以大家都愿意做那个买彩票中巨奖的幸运赌徒，你胼手胝足节衣缩食挣下一大份家业，头上是没光环的。所以李白容易被神话，什么御手调羹、力士脱靴、水中捉月等等。杜甫就没有人神话他，连后人捏造的饭颗山头的诗人形象，也是一脸苦相。不知为什么，苦吟者总给人智短力绌的印象。因此，有人明明勤奋出成果，偏要说自己没怎么花力气。比如殚精竭虑写《失乐园》的弥尔顿，就喜欢把夜里辛辛苦苦攒成的诗句，说成是不请自来的缪斯的赏光。俗话说"贪天功为己有"，他情愿倒过来，"贪己功为天有"。

可一般读者面对的只是现成的文本，只看到结果，看不到过程，照韩愈的说法是"徒观斧凿痕，不瞩治水航"，就像到了龙门石窟，被卢舍那大佛一下子震慑了，整个儿是圆融光辉的巨大存在，当年千锤万凿的劳动已经被抹去了痕迹。所以瓦雷里才会说，灵感是一个美丽的误会：

在几分钟之内，读者所受到的冲击却是诗人在长达几个月的寻找、期待、耐心和烦躁中积聚起来的发现、对照以及捕捉到的表达方式的结果。他归功于灵感之处远远多于灵感可以带给诗人的东西。（《诗与抽象思维》）

所谓灵感，不过是相对渐悟而言的顿悟，是旬日艰难之后的刹那轻松。刘勰说，"人之禀才，迟速异分……若夫骏发之士，心总要术，敏在虑前，应机立断；覃思之人，情饶歧路，鉴在虑后，研虑方定。机敏故造次而成功，虑疑故愈久而致绩。难易虽殊，并资博练。"（《文心雕龙·神思》）"应机立断"的"断"是灵感，来得快；"研虑方定"的"定"来得慢，但也不能说不是灵感。人分两种人，诗有两种诗，赌博和下棋确实可以解释两种基本的写作机制，但两者绝非水火不容。除了发语天然的民歌手，世上没有只凭一时兴会写诗的人，他必须历练很久，才能获得诗神的垂青。你看他像是掷骰子豪赌了，其实只不过熟能生巧，运算速度快过常人而已。天才如李白，也曾前后三拟《文选》，"常横经籍书，制作不倦"，可见铁杵磨成针的传说加在他头上，无非是要告诉我们：赌徒是怎样炼成的。

毕竟诗要一个字一个字地写出来，所以没有哪位诗人赌运亨通，却对下棋一窍不通。但如果诗光是一个字一个字地磨出来，而不曾噼噼啪啪伴随着一串灵感的小火花，让人频频开出好彩来，他的努力便是无望的，不值的。加西亚·马尔克斯在《番石榴飘香》中说：

> 我认为，灵感既不是一种才能，也不是一种天赋，而是作家坚忍不拔的精神和精湛的技巧为他们所努力要表达的主题做出的一种和解。当一个人想写点东西的时候，那么这个人和他要表达的主题之间就会产生一种互相制约的紧张关系，因为写作的人要设法探究主题，而主题则力图设置种种障碍。有时候，一切障碍会一扫而光，一切矛盾会迎刃而解，会发生过去梦想不到的许多事情。这时候，你才会感到，写作是人生最美好的事情。这就是我所认为的灵感。

"写作是人生最美好的事情"，这才是诗人的高回报。像福楼拜那样苦大仇深的文字的囚徒，也常有翻墙越狱的狂喜时刻："写作有的时候有一种极富快感的东西，从我的身上突然喷发出来，有如灵魂出窍，我感到心荡神驰，完全陶醉在自己的思绪里，仿佛一股温热的馨香通过室内的通风窗扑面而来。"你看，这不就是骰子一掷十卢九雉的高峰体验么？所以，哪怕可怜如福楼拜，也是集囚徒与赌徒于一身的：

> 从文学的角度谈，在我身上存在两个截然不同的人：一个酷爱大叫大嚷，酷爱激情，酷爱鹰的展翅翱翔，句子的铿锵和臻于巅峰的思想；另一个竭尽全力挖掘搜索真实，既喜爱准确揭示细微的事实，也喜爱准确揭示重大事件；他愿意大家几乎在"实质上"感受到他再现的东西；后者喜欢嘲笑，并在人的兽性里找到乐趣。（致路易丝·科莱，1852年1月16日）

这两个截然不同的人，前者热，大叫大嚷，是赌博型的；后者冷，谨小慎微，是下棋型的。可见，福楼拜在写作过程中不断经历着下棋和赌博。有时举棋不定了，忽然谜一样出现了一个触媒，便有了神来之笔。福楼拜承认，要经历过多少次的气馁和苦涩，才会享受到这样一种狂喜的滋味。所以他有一见道之言："上帝知道怎么开始，怎么结束，而人只知道中间。"瓦雷里也说："上帝无偿地赠给我们第一句，而我们必须自己来写第二句，而第二句必须跟首句首尾同韵，而且一定不能无愧于它神赐的兄长。"这就是赌博和下棋交替使用。上帝是"前驱有功"，由他开始的第一行是博，掷骰子，靠天收。从第二句起，由自己"继"以"后援"，是弈，精算师，手艺活。所以灵感问题还涉及到作品的大小。上帝送上的，或自己碰上的，可能是一首绝句或俳句；而对于一首具有延展性的长诗来说，瞬间的灵感就靠不住了，就好比百米冲刺要靠爆发力，跑马拉松却要凭耐力。

不同的诗如此，不同的诗人身上这博和弈的比例也不一样。有的人思路缜密，律法精严，下笔不苟，比如老杜，但也不能说老杜的诗全都是改出来的。他难道就没有博塞的欢娱，最适当的字词一下子都凑巧妥妥帖帖在最适当的地方排好了？"剑外忽传收蓟北，初闻涕泪满衣裳。却看妻子愁何在，漫卷诗书喜欲狂。白日放歌须纵酒，青春作伴好还乡。即从巴峡穿巫峡，便下襄阳向洛阳。"老杜这首"生平第一快诗"，写来一定也很快。又比如莎士比亚，好像是用赌徒的方式完成了高明的棋手才能有的最稳定的发挥，几乎每一行都熠熠生辉，但是说穿了，他也就是一台每秒亿亿次的超级计算机罢了。算得快也还是算。

所以，说写作分两种机制，恐怕还是强生分别，因为细究下去，所有的写作都是在众多的偶然中寻求那个唯一的必然。博中有弈，因为靠灵感也不是一味的"弃术任心"。完全的"弃术"，"任心"也任不来。而弈中又有博，不断的量变最后产生质变，临界点一下子突破了，于是茅塞顿开，冰山忽化。老杜《夜听许十诵诗爱而有作》中有两句特别能说明问题："精微穿溟涬，飞动摧霹雳。"前一句是弈棋，是滴水穿石；后一句是赌博，是电光火石。

相比博塞之文，刘勰更推崇善弈之文，但顾随问得好：你说善弈者还要"以待情会，因时顺机"，所谓"机"、"会"，难道不仍然类似于博徒邀遇的那个"遇"么？再说，善弈之文的理想境界也是要自然浑成，要把制作的痕迹尽量抹去，虽出诸人工，却宛若天成。也就是说，诗人要能用弈棋型的手法来制造赌博型的效果，不可无匠心，不可有匠气。

马基雅维利说过："我们所做的事，有一半受到命运主宰，另一半可由自己控制。"换句话说，人生就是一场博弈，一半可控，一半不可控。过去民间说科举考试要靠"一命二运三风水，四积阴功五读书"，那可控的更是只有五分之一了。诗的写作应该反过来吧。《论语》中说："夫子步亦步，夫子趋亦趋，夫子奔逸绝尘，而回瞠若乎后矣。"本来你走慢我也走慢，你走快我也走快，但你若是一溜烟跑掉，我就目瞪口呆，赶不上了。"亦步亦趋"可以形容下棋，但是"奔逸绝尘"就一定是赌博。下棋可以学，赌博学不来。所以从古到今的创作理论，什么小说教程、诗法大全等等，都只能对下棋的人有用，对赌博的人无效。这恰恰是因为，写作这件事在可知与不可知之间，既可以谈论，又不可以谈论，既说得清楚，又有一些最关键的东西说不清楚。陆机说："虽兹物之在我，非余力之所戮。故时抚空怀而自惋，吾未识夫开塞之所由。"刘勰说："至精而后阐其妙，至变而后通其数，伊挚不能言鼎，轮扁不能语斤，其微矣乎！"他俩到最后都"未识"、"不能言"、"不能语"起来了！

五　有诗为证

我说了许多，到头来也还是说不清，只好不说。下面我举两首现代诗为例，来直观地展示一下博与弈两种类型的诗。两首出自一手，都是卞之琳先生的诗。先看有名的《断章》：

你站在桥上看风景，
看风景人在楼上看你。

明月装饰了你的窗子，
你装饰了别人的梦。

这应该是流传最广的一首中国现代诗吧，却是掷骰子式的杰作，最能见证随缘的灵感之妙用。作者说：

这首短诗是我生平最属信手拈来的四行，却颇受人称道，好像成了我战前诗的代表作。写作时间是1935年10月，当时我在济南。但是我常把一点诗的苗头久置心深处，好像储存库，到时候往往由不得自己，逆发成诗，所以这决不是写眼前事物，很可能是上半年在日本京都将近半年的客居中偶得的一闪念，也不是当时的触景生情。我着意在这里形象表现相对相亲、相通相应的人际关系，本身已经可以独立，所以未足成较长的一首诗，即取名《断章》。

"由不得自己"就是陆机说的"虽兹物之在我，非余力之所戮"。但这首即兴的四行小诗，却包含了诸多最宜入诗的元素：桥、楼、窗、月、梦。林庚说王维的《渭城曲》之所以常读常新，就是因为四行诗分别写了四个意象，雨、柳、酒、关，每一个都创造出新的原质，赋予了新的美感。《断章》成功的奥妙庶几类此。此外，我曾经说过，《断章》很容易读成一则爱情故事：男主角矜持，含蓄，私心倾慕一位美丽的女子，却未敢表白，只是从远处偷觑，在梦里相寻，而那位女子则浑然不知自己已成为别人眼中的美景、梦中的珍饰。如此一来，它既富理趣，又含情韵，真是雅俗共赏。前面刘勰不是说过了么，"断章之功，于斯盛矣。"

但这种赌博型的写法，对于卞之琳来说实在是小概率事件。他属于典型的弈棋型的诗人，在诗集《雕虫纪历》的序中，说自己写诗"喜爱淘洗，喜爱提炼，期待结晶，期待升华"。下面是他的另一首代表作《白螺壳》：

> 空灵的白螺壳，你，
> 孔眼里不留纤尘，
> 漏到了我的手里
> 却有一千种感情：
> 掌心里波涛汹涌，
> 我感叹你的神工，
> 你的慧心啊，大海，
> 你细到可以穿珠！
> 我也不禁要惊呼：
> "你这个洁癖啊，唉！"
>
> 请看这一湖烟雨
> 水一样把我浸透，
> 像浸透一片鸟羽。
> 我仿佛一所小楼
> 风穿过，柳絮穿过，
> 燕子穿过象穿梭，
> 楼中也许有珍本，
> 书叶给银鱼穿织，
> 从爱字通到哀字——
> 出脱空华不就成！
>
> 玲珑吗，白螺壳，我？
> 大海送我到海滩，

万一落到人掌握，
愿得原始人喜欢：
换一只山羊还差
三十分之二十八，
倒是值一只蟠桃。
怕叫多思者想起：
空灵的白螺壳，你
卷起了我的愁潮——

我梦见你的阑珊：
檐溜滴穿的石阶，
绳子锯缺的井栏……
时间磨透于忍耐！
黄色还诸小鸡雏，
青色还诸小碧梧，
玫瑰色还诸玫瑰，
可是你回顾道旁，
柔嫩的蔷薇刺上
还挂着你的宿泪。

就像《断章》是在济南而写上半年在日本京都时偶得的一闪念，《白螺壳》也是在杭州西湖边想起头一年在青岛海边沙滩上拾到的一只海螺。此诗写于1937年5月，诗人当时住在西泠桥北的陶社（在今天香格里拉饭店的位置），走不多远即清代皇家四大藏书楼之一的文澜阁，所以有"一湖烟雨"和"楼中"、"珍本"的描写。其时卞之琳最服膺瓦雷里的诗与诗学，这首《白螺壳》就套用了瓦雷里《棕榈》（Palme）一诗最复杂的韵式，每节十行，韵脚安排均为ababccdeed，兼用了交韵（abab）、随韵（cc）和抱韵（deed），极繁富精严之至。诗的内在结构也呈现漩涡式的工巧，由"你"到"我"，合物与人，翻过来又卷出去，相依相连的意象构成了一圈圈螺纹，其间又接引呼应着"穿"、"透"、"通"、"脱"等字眼，最后上升到"时间磨透于忍耐"的顶点。诗的主旨，正是苦功通神的人类精神创造活动的礼赞，让人联想到王国维《人间词话》所说的人生三境界。

慢工出细活，人工觑天巧。若说《断章》是赌中妙手，《白螺壳》岂不更是棋中圣手？

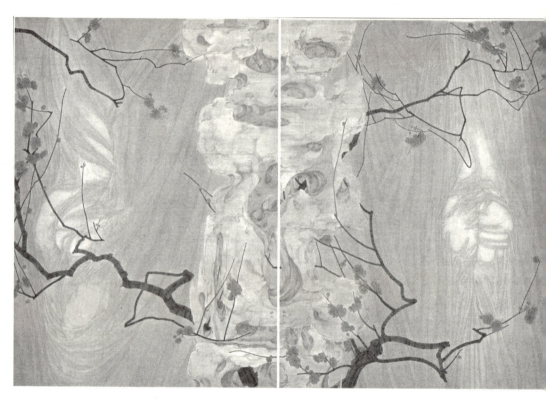

张见：桃花源　180cmx120cm　绢本设色　2013

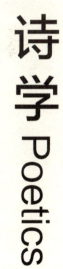

诗学 Poetics

张见：山桃红　117cm×182cm　绢本设色　2015

新诗辨析三篇

西　渡

一、诗歌批评标准：内部的与外部的

对诗歌批评的抱怨非止一日。现在我们讨论诗歌批评标准，似乎再次印证了这种抱怨的合理性：你连个标准、连个尺度都没有，还做什么批评？其实，批评的标准在每个诗人和诗歌批评家的心中肯定是存在的，无论他们是在从事创作还是在从事批评。这个标准有比较明确的部分，也有比较模糊的部分，甚至还有暧昧的部分。比较明确的部分，我认为是关于诗歌内部诸元素的部分，包括诗的声音、形象、修辞、结构、张力、风格等等。在这些因素的评价标准上，我觉得最近一二十年来由于新批评理论的传播、细读实践的探索，取得了一些进展和共识。但是，由于对这些因素的判断仍然不能脱离判断主体的主观性，因此在对一首具体的诗的评价上，诗人、批评家、读者往往并不能取得一致意见，这就构成了诗歌批评标准的模糊部分。不过，我并不认为，这种模糊性是一个问题，正是这种模糊性给诗人、批评家和读者的个人性留下了空间，保证了诗歌的丰富性。如果诗歌也像数学一样只有唯一的答案，那倒是一场灾难。我所说的暧昧的部分，是诗歌与外部世界相联系的部分。对这个部分的评价标准始终没有建立起来，而且存在巨大的争议。

自新批评以来，人们越来越强调诗歌批评的内部标准，把诗文本看成一个自洽、自足的系统，诗的内涵和外延被认为是同一的，也就是说，诗的目的就是它自身，诗的外延也仅仅是它自身。这种意见在一个阶段内有其合理性，它可以促使诗人虔心手艺，提高诗艺的水准。在20世纪80年代以来的中国当代诗歌中，我以为部分诗人和批评家对这一评价标准的坚执起了积极作用——我们现在之所以拥有一大批优秀的诗文本，是要感谢这种作用的。但是，这种自洽说也限制了诗人对世界的探索和表现的力度。实际上，诗歌在作者和读者两头都并不是自洽，都和世界有割不断的联系。这个世界是诗的来源，也是它的归宿。也许，我们可以根据诗歌内部的标准判断一首诗是否是一首合格的诗，甚至是否好诗，但要判断一首诗是否伟大的诗，却不能仅仅依赖这样的标准。这也是艾略特的想法。骆一禾对新批评有一个评价，他认为"新批评在精密度上的问题，使它不能计量伟大与崇高"。诗的伟大与崇高是一种无形的东西，不能仅以技艺的有形标准去衡量——也许，这一有形的标准越精密，离那无形的东西越遥远。这无形的东西涉及诗人的心灵和精神层面，它充溢于诗所表现的题材、内容乃至形式，并对读者心灵发生影响。这个属于心灵的部分难以衡量，但并不是说根本就无法衡量，或者根本就不可能有任何衡量标准。诗人的身心是一个统一体，没有独立于身体的心灵，除了木乃伊，也没有脱离精神的身体。诗的精神部分与诗的形式的关系也是如此。也就是说，诗的无形的部分可以通过它的有形部分——题材、内容、形式——在某一程度上加以衡量。在这里，诗的内容和形式作为一个活的统一体，成为生命的表现，而且保持着它和世界的广泛深刻的联系。把诗的评价标准局限于它的内部，局限于诗艺的层次，是一种割裂诗的精神和诗的形式的做法，也是割断诗和世界的联系的做法，实际上永无可能。在这一批评视野下，诗人被降低为一个拥有手艺的工匠，并仅仅以其手艺为缪斯服务，诗人心灵的作用——连同它和外部世界的广阔联系——被有意忽视了。很多大诗人、大艺术家在其谈艺录中也不断强调诗人、艺术家的工匠身份，这些都成为了艺术家的工具性的张本。但是，我们往往忽视了这些诗人、艺术家说话的语境，同时忽视了他们的真实意图。在我看来，这些诗人、艺术家是针对后辈诗人和艺术家说这些话的，意在强调技艺对于艺术的重要性。事实上，技艺是艺术中唯一可以学习和传授的部分，而属于心灵的部分，既不可传授，也难以言说，所以他们宁愿保持沉默。布罗茨基说诗人是语言的工具，但他同时强调了语言作为一个历史产物超越诗人个体的巨大能量和智慧——在语言身上，正体现着诗和世界的广阔深邃的联系。可以说，一首诗所反映的现实的广阔性和表现人类心灵奥秘的深邃程度就是评判它是否足够伟大的一个主要标准。举例来说，杜甫的伟大完全可以由此两方面得到衡量，而李白的世界虽然广阔，但其深入人类心灵奥秘的程度却要稍逊一筹，我们也许就可以据此说杜甫比李白更伟大。李商隐的诗虽然深邃，但在广阔性却较为逊色，所以他是比李杜次一级的诗人。而有的诗人所表现的世界看起来并不广阔，譬如陶渊明、狄金森，但却以其对人类心灵的深邃把握而更新了我们对灵魂的认识，从而体现了一种特殊的广阔性。也有貌似广阔、无所不包而其实肤浅的表现，譬如那位写诗最多的皇上。这样来说，深邃又成了一个主要的指标。从接受的一端讲，一首诗激动人心的程度，它影响读者的深刻程度，都是由这一广阔性和深邃程度决定的。也可以说，所谓的广阔和深邃就是从接受一端衡量出来的。在这一广阔深邃的效果面前，技艺将会消失，或者说，它和这种广阔性最大限度地融为了一体，成为了这一广阔性和深邃性的最好的体现而不再有任何外溢或遗漏的部分。这时候，诗就成了心灵的直接表现。这是最高的技艺，也是最高的内容，它们的合一成就了诗的本质，也是诗的灵魂。

从这个标准来看，20世纪90年代以来的诗歌是有其缺陷的。这个缺陷的表现之一便是失去了与现实对话的能力，失去了它应有的广阔性和深邃性。这不是以往文学批评中所谓的现实主义，那样的现实主义，我们并不欠缺，而且正是那样的现实主义成为了问题。纯诗的倾向可能造成对现实的遮蔽，"现实主义"同样造成对现实的遮蔽，也许还是更严重的遮蔽。20世纪90年代以来的诗充斥了日常生活的细节和来自"现实"的材料堆积。诗人的鼻子几乎触到了"现实"的墙，这是一种平面的，缺少视野、没有深度的现实。而我们真正缺少的是一种"深度现实"，以及表现这一"深度现实"的能力。这里有一个骆一禾、海子称为"原型"的问题。也就是说，你能否在一种更广阔的视野中发现表面现实之下的内部结构，发现那些具体的细节没有说出的秘密，发现变化万千的现象中共同的基质。实际上，这一能力的欠缺只是一个后果，它背后的真正原因是我们时代的精神生活的死亡。骆一禾曾预言中国知识分子阶层终将归于消失。他的担心已经成为大规模的现实。知识分子的肉身尚存，但精神上已经死亡。死亡的标志便是作为一个整体阶层的现实感的消失。知识分子不但失去了与现实对话的能力，而且失去了对现实说话的兴趣。他之于社会的有机性消失了，他和历史的联系、和民众的联系中断了。这时候，知识分子和所有被权力分割的民众一样，变成了一个脱离社会的原子。作为一个肉身，作为一个消费者，作为一个职业身份的教授，他活着，作为知识分子，他已经死亡。中国特殊的权力—社会结构决定了中国知识分子自古以来就缺少独立性。在某一程度上，中国知识阶层一直是由权力饲养着的。五四以后，知识分子曾一度为自己赢得某种程度的独立空间，但不久这一空间就被重新剥夺。20世纪80年代这一空间在极小的范围和程度内有所恢复，但之后，这一空间就被彻底压扁了。诗人作为知识分子的一员，面临同样的处境。一个原子化的诗人，他的兴趣必然也只能限于与其欲望、消费直接相关的部分，也就是他的身心分裂后所残余的物质化的部分。这是诗歌充斥无历史、无意义、无深度的细节的根本原因——诗歌的物质化源于诗人的物质化。但是，在这样一个整体上万马齐喑的时代，有没有一马骧腾的可能？从理论上说，这种可能永远存在。个体是历史所创造，却并不绝对服从于历史的必然。在历史的因果链之外，基于个体自由意志的选择和行动最终将决定其所成。杰出的个体总是因果无法解释的奇迹。大诗人永远超出于他的环境之上，这恰如杜甫所写的，"此身饮罢无归处，独立苍茫自咏诗"。目前这种万马齐喑的处境，也许正为伟大的诗人准备着另一种特殊的广阔深邃的题材和体验，成为其通向伟大的台阶——最深的黑暗也自有其伟大的性质，如果有诗人敢于并能够说出它。

把诗歌的标准分为内部的和外部的，是否意味着另一种分裂？听起来似乎有一点这种味道。但我们提出诗歌的外部标准，乃是为了弥补仅仅用内部标准衡量诗歌的不足，其目标恰恰是纠正所谓诗歌内部标准对诗的内容和形式的分裂，对诗作为一个活体的身心的分裂。在一种更高的视野下，不存在一种评判诗歌的单纯的内部标准。诗是以语言形式表现的生命的运动，对这样一个活体，我们只能以一个身心合一的标准去评判。伟大的诗是伟大心灵的非如此不可的呈现，它的内容和它的形式是合一的，它的精神和它的表现是合一的。技艺在这一表现中消失了，留下来的、活着的是真实的、生机勃勃的、伟大的心灵。

二、诗歌反对索绪尔

幸或不幸，索绪尔语言学在中国的译介与中国当代的新诗潮运动差不多同步。索氏关于能指和所指任意性关系的说法在新诗潮中引起了巨大的回响，20世纪80年代的一些诗人和诗歌理论家们开口所指，闭口能指。受到这一理论的鼓舞，诗歌的风云之士以一种指鹿为马的方式，强行取缔元语言层面的所指，在一个临时的诗文本系统中赋予能指一种完全不相干的所指。诗人批评家李心释称之为"强指"。结果，一部分当代诗文本中便到处奔驰着挣脱了所指羁束的能指的瞎马，并以其蛮野的意志把语言的田园踏得稀烂——好像蛮族的战群踏入了农耕者的居所。这是一场能指的狂欢，也是一场语言的破坏运动，它在诗艺上的后果是灾难性的。在索绪尔的语言学中，一个完整的词被人为分割为能指和所指两个部分，词的声音和意义分裂了。这一分裂进而引发了词与物的分裂，最终导致身心的分裂、人与世界的分裂。显然，它所指引的道路，恰好与诗的目标背道而驰。而在这一理论指导下的诗歌写作，变成了无意义、无目的的言语狂欢。因为诗文本所赋予的所指（内涵）并非从语言原有的音义要素中必然地引申、提取、淬炼出来，能指和所指的联系被强行取消，诗的意义也就变得晦涩不明。如果说朦胧诗的难懂是由于读者旧有的审美习惯和革新了的审美感性的龃龉而造成的，那么第三代诗歌运动中很多诗文本的晦涩却是因为诗人对既有语言规则的肆意破坏。这种晦涩不是一个令人遐想和挑战智力的迷宫，因为迷宫是有空间和开口的，这种晦涩却是一种彻底封闭、不提供任何空间的实心棺材。它是一种死亡，既是语言的死亡，也是诗的死亡。

这种能指的狂欢映照出诗人对语言和诗的性质的多重误解。首先，这是对索绪尔能指和所指任意关系的误读。索绪尔所谓能指和所指的任意性，是在比较语言学视野中得出的。英语用"tree"表示树的概念，汉语却用"树（shu）"或者用"木（mu）"，这是一种任意性。但是，在英语中你不能用"and"来表示树，在汉语中你也不能用"月"或"地"来表示。这是语言的规定性。也就是说，在一种既有的语言系统中，能指和所指的联系已经约定而俗成了，它就不再是任意的。当然，你也可以强行用"月"或者用"and"来表示树，那是发明一种新的语言，其代价是牺牲语言的可理解性和可接受性。而且，你必须找到一群自愿的使用者，否则这种发明还不是一种语言。其次，这种狂欢也是对诗歌语言特殊性的一种误解。诗歌语言不同于日常语言或者散文语言，这是一个常识，但不同在哪里，却很少有人认真追究。散文语言服从于交流的需要，即使在那种无所用心的闲扯中，语言的语义功能已经几乎不起作用，但仍然通过双方的应答保留了一种情绪的交流。语言的规则，我们可以说，就是为了这种交流能够有效地发挥作用而制定出来的。诗歌语言则服从于一个更高的目的——创造的需要，创造一种美的事物，创造一种新的感性，或者干脆就是为了更新语言，创造一种新的语言质地。因此，诗作为一个语言—审美系统，与元语言系统存在一种跨层关系。这种跨层关系不同于语法上所谓跨层结构。语法上的跨层结构最终仍然停留在语言层面，诗歌的跨层关系却形成了审美系统对于元语言系统的上下位结构。通过这一跨层结构，诗向人们指示了一种对待语言的不同的态度。从这个角度说，诗歌的语言必然超越于日常语言，并与日常语言有所不同。但这个跨层，这个超越和不同，却不是诗人无视乃至蔑视既有语言规则的借口——因为无论如何，诗歌并没有取消交流功能，只是它与读者交流的是一种更为独特的东西，一种创造，一种美，一种特殊的感性——因此它是有条件的，这个条件便是服从创造的需要。也就是说，诗人对既有语言规则的突破，是基于一种必然性，一种由创造的语境决定的非如此不可的东西。这种必然性，这种非如此不可，如果一定要用索绪尔的术语来表达，那就是寻求所指和能指的统一和同一，这是一种基于创造的统一和同一。诗人通过这一创造的行动，为人们指示了一条身心合一、物我合一的道路——它和语言分析的道路完全相背。然而，这一创造并不以突破语言规则为前提，事实上，它主要取决于前述那种语言态度的转变。这就是为什么很多诗的杰作，仍然严格遵守了既有的语言规范。这种必然性在诗人和语言的关系中把诗人置于一个次要的地位。换句话说，对语言规则的突破，是作品本身要求如此，而不是诗人的意愿如此。所以，艾略特说，自由诗是最不自由的，只有末流的诗人才会滥用自由诗的自由。在上述那种能指的狂欢中，情形却是倒过来的，诗人把自己高置于作品之上，高置于语言之上，结果是突出了诗人，取消了作品。最终，因为作品无以成立，诗人也必然地坍塌了——第三代诗歌运动之所以那么快烟消云散，个中原因从这里就可以推知大半。而在运动的风潮过后依然能够屹立的诗人，正是那些对于诗歌的必然性有着深刻理解的诗人。最后，这种狂欢式的表演中暗含了一种线性的、进化论的文学史观，这种文学史观长期以来培养了一种矫饰的激情，一种以事功为动机的文学表演，诗歌的姿态由此取代了诗歌的创造。

索绪尔的能指和所指的任意性关系是一个确定的公理吗？当我们在一种比较的视野中，静态地、共时地观察那些既成的语言事实时，似乎确实如此。但是，我们不要忘记，语言的事实只是人类生命活动的遗迹，当我们复活——哪怕仅仅是在想象中复活——语言运行中活生生的生命运动本身，这一结论的可靠性便开始松动了。事实上，言语作为人类的生命运动本身，所指和能指是在一种合一的整体上运行和被体验的。当我们的诗歌写作越来越深地进入到语言内部，当我们和语言之间建立起一种更加亲密的关系，当诗歌的创造经验让我们一步步追溯到语言的起源，这一论断也变得越来越可疑。写诗和读诗的经验告诉我们，诗歌是一场生之运动。一旦诗的机制发生作用，词语就从它静态的、孤立的、僵死的状态挣脱而复活，就像枯黄的落叶在仙人的口气吹拂下变成了活生生的蝴蝶，进入一种进行的状态，并向着一种物我合一、天人合一的理想的将来状态迈进，与此同时，它的身上仍然带着过去的全部历史。诗是这样一种运动，它沟通了过去、现在和未来，并让诗人和读者在最大限度上体验到人类生命的全部深度和广度。在这样的运动中，不但词语的所指和能指高度合一，而且其音义的内涵也与语言分析的静态对象有了根本的差别——这种差别是根本的，就像纸上的音符和演奏的音乐之间的差别一样——这时，词语指示和象征着运动，不，更准确地说，它就是运动的本身。语言的发明，作为人类最伟大的创造行动之一，也是一场类似的运动。因此，它绝不是一件如索氏所说的任意的事。恰恰相反，它是人们用其全部身心与环境交互作用的结果。事实上，命名既是人的一种能力，也是事物的一种能力，它是事物对人的邀请，也是人对事物的应和。也就是说，命名实际上是一种诗的行动。维特根斯坦说："命名是灵魂的某种独特的行为，是灵魂给一个物取名的方式。"从另一方面说，维特根斯坦指出的"词与自己的意义真正相似"，这一现象难道不足以发人深思吗？杜夫海纳由此推断，是事物为自己命名，言语正是从自然中涌现出来的。因此，他决然地说："命名的任意性是一个假问题。"哈曼说："人类最初听到的、亲手摸到的一切都是活生生的词语，因为上帝就是词语。"本雅明说："当万物从人类那里得到名称时，上帝才完成了创造，从人类那里语言自身在名称中言说。"萨特说："对于诗人，词是自然的物，它们像树木和青草一样在大地上自然地生长。"诗歌所寻求的正是这样一种语言，一种事物自己言说的语言。词在说，那就是事物在说。在诗的境界上，词与物达到了高度的同一。我们可以相信，语言在其真正的起源上，也是如此，或者说正是如此。也就是说，诗的语言从来就是一种必然的语言，而不是一种任意的语言。因此，诗人更多的时候应该是一个倾听者，倾听语言和事物的言说——以全部的身心理解语言和事物之间的那种对话，那种必然性。

三、双重编码的新诗现代性

现代性一直是观察新诗的一个重要维度，而且它作为新诗的内在动力不但依然有效，似乎也没有明显减弱的趋势。"新诗"这个独有的名称似乎就是对其现代性特性的一个声明。我们没有新散文，没有新小说，也没有新戏剧，但却有新诗。新诗之"新"既表明它是现代性的产物，它直到现在没有把"新"这顶帽子摘去，又表明它还处在"现代性"的进程中。一个简单的事实，诗人们依然在争夺关于"现代"的话语权。由此可见，现代性作为一种新诗内部的评价机制依然在实际运转。最近的一个例子可能是徐江发表在《星星》理论版今年第八期的一篇文题为《"现代诗"与"新诗"》的文章。在徐江看来，当今百分之九十的诗人写的是新诗，而不是现代诗。他认为汉语现代诗始于20世纪50年代纪弦在台湾成立"现代派"，大陆的现代诗则以朦胧诗为开端。徐江虽然说他对现代诗/新诗的区分不涉及好/坏的判断，但显然他是把"现代"作为一种价值标准来使用的。他认为，新诗已经"不能被视为这个时代的诗歌，它只是一种文学蒙昧者还在不断仿制的诗歌化石"，而现代诗则承受着回应时代挑战和文学创新的"天命"。

新诗依然可以依据现代性来观察和评价的根本理由，是我们——诗人和读者——依然共同分享着一种现代性的时间意识，而这种时间意识正是现代性起源和生长的依据。自欧洲文艺复兴以来，伴随着理性信仰、科学思维和个体意识的兴起，一种相对主义、线性不可逆、不断流逝、不可重临的时间意识开始从以宗教和形而上学为其依据的绝对、永恒的古典时间观念中脱颖而出。这种转型了的时间意识让人们发现了当下和当代，并把自己置于和过去的对立中。过去的权威在这种时间观念的冲击淘洗下不断消蚀，传统不再能够为诗人和艺术家提供范例和模仿的对象。在这种现代性的时间观念里，过去、现在、未来的关系发生了颠倒。在古典的时间观念里，过去是决定性的、主导的，它生下了现在和未来；但在这一种新的时间意识里，则是现在、未来生出了过去。用本雅明的话，"儿子生出了父亲"；用哈贝马斯的话，当代性"不断重复地催生出全新的、被主观界定的过去"；用卡林内斯库的话，"过去模仿现在远甚于现在模仿过去"。由此，对不确定的、变幻莫测的未来的期待，对新事物的膜拜，对当下和瞬时之美的赞颂，就成了现代性审美的心灵原则。迄今为止，基于这样一种时间意识的现代性并没有终结的迹象。而新诗也仍然分享着这样一种现代性的时间意识。因此，现代性作为新诗的内在驱动力和评价机制也远未失去它的有效性。

因此，泛泛谈论现代性的死亡、终结缺乏说服力。在上述的观察视野中，存在着概念的混淆，现代性、审美现代性和现代主义在这样的谈论中被笼统地对待，因而得出了并不准确的结论。为了能够精确地谈论这些问题，我们有必要对这些概念做出区分。卡林内斯库将现代性区分为作为西方文明史阶段的现代性和审美现代性，哈贝马斯则区分为社会现代性和文化现代性。前者是科技进步、工业革命和资本主义带来的，后者则是对前者的反思、辩难和驳诘的产物。现代主义则是审美现代性的激进形式。审美现代性用独特、新奇、有趣取代了古典主义不变的、永恒超验的美，而现代主义把这种取代变成了对古典美学原则、美学标准的不断颠覆和爆破。也就是说，在艺术的规则层面，现代主义是传统的掘墓人，遵循的是减法、除法甚至是开方原则。而在更早的古今之争中，夏尔·佩罗为"现代"艺术辩护的理由恰恰是现代艺术拥有更多的规则。这种减法原则使得现代主义成为了一场永无休止的自我否定、自我背叛、自我敌对的运动，也决定了现代主义必然有一个逻辑的终点，因为这样不断做减法的结果，迟早要到达一个艺术的零度。实际上，现代主义发展到超现实主义和达达主义及至更晚近的观念艺术，已经达到了这样一种艺术的零度而耗尽了自身的可能：一切皆艺术，艺术即生活，同时也就取消了艺术。现代主义的极端激进立场（兰波"绝对地现代"）导致从超现实主义到达达到观念艺术的"文化的虚假否定"（哈贝马斯语），最终因为失去动力而不得不停滞下来。正如哈贝马斯所说："从本雅明开始，美学的现代性精神就开始衰退了。当然，在20世纪60年代，它又被重申了一次，但紧随而来的70年代使我们必须承认，现代主义在今天几乎已经找不到任何可以引起共鸣的东西了。"帕斯也说："1967年的前卫运动正重复着1917年的前卫运动已经做过的事情，我们正在经历一种现代艺术的终结。"

这种观察有其精确的一面，但也有其粗疏的一面。它揭示了现代主义的内在危机，这是其精确的一面；它把现代主义等同于现代艺术、现代审美，得出现代性或现代艺术终结的结论，则是似是而非的。现代主义是审美现代性的激进形式，但它也许不是审美现代性唯一的形式和最好的形式。根据哈贝马斯的看法，现代性是一项没有完成的方案，现代主义则很可能是伴随着现代性方案而产生的一系列偏差之一。显然，现代主义的终结并不意味着审美现代性的终结，在现代主义犯下错误而走投无路的地方也许正好打开了审美现代性的启示之路和另外的可能之路。这正如超现实主义是一场失败的运动，但它却是一场留下了积极遗产的失败运动。超现实主义运动本身没有产生什么值得大书特书的诗人，但它却在一些受其启示的诗人，如佩斯、埃利蒂斯、聂鲁达、帕斯那里，结下了丰硕的果实；它的启示回响在美国的新超现实主义里，也回响在中国当代诗人的笔下。对整个现代主义而言恐怕也是如此。现代主义在今天也许已经很难再找到引起人们强烈共鸣的东西，但是现代艺术由于受到现代主义的洗礼已经面貌一新，作为现代的婴儿，它再也不会回到那种纯然的古典状态。可以期待，它将在审美现代性的道路上继续探索，开辟新的可能。

在中国的现实状态里，现代主义本身也远远没有来到它的终结之地。这首先是因为中国的社会、经济、政治现代性的未完成性。在北京、上海、深圳这样的大都市也许局部地呈现了某种后现代景观，但是一旦我们的眼光稍稍离开城市的中心区，呈现在我们眼前的也许就是另一片完全不同的前现代景观。最重要的，是我们的心灵景观仍然交错在前现代和后现代之间，挣扎在现代转型的阵痛中。读者如此，诗人也如此。不止是大量涌入城市的农民工面临着前现代向现代转型的巨大心理冲击，知识分子的心灵也在城市和乡村、古典和现代之间撕裂成敌对和冲突的两半。海子自称乡村知识分子，其心灵和身体的撕裂在中国诗人中具有典型意义。也就是说，现代性在中国不是过去时，而是进行时，甚至还是将来时。认为现代性在中国已经失效，是没有正视中国的现实。基于这样的现实，现代主义在中国也没有失去其动力和活力。因为种种多余的、前现代的规则——有来自官方的，也有来自学院的、民间的——依然制约、压抑着审美现代性的展开，所以现代主义的减法原则在我们这里依然是刺激艺术生长的活力。可以期待，现代主义艺术、现代主义诗歌在中国的土壤中依然会有一个展开、生长和深化的过程。

从发生学的角度看，审美现代性在中国的展开方式也与西方不同。审美现代性在西方是伴随着对社会现代性的反思而产生的，而在中国则是为了刺激、推动社会现代性而召唤出来的，从某一角度看，也可以说是从西方引进的。也就是说，它不是自然的发生，而是人为的设计。对于新诗，这种人为设计的特点更为突出。新诗的这一出身使它面临的冲突比欧美现代诗歌更激烈，也更复杂。所以，新诗一开始就被置于一个多重冲突叠加、复合的张力场。在新文化运动的领袖人物那里，新诗是作为推动文化现代性乃至社会现代性发生的一剂猛药发明出来的。所以，从出身看，新诗有工具性的一面。这和西方现代诗主要作为审美自主性的展开不一样。新诗的这一特殊出身也决定了新诗和现实、新诗和政治的关系也比西方现代诗复杂。新诗既要追求自身的审美自主性的展开，同时还要回应现实、政治的要求（参与启蒙，推动文化、社会现代化进程，救亡图存，关注民生），也使它和西方现代诗有了不同的面貌。新诗和旧诗的关系也比西方现代诗对自身诗歌传统的反叛更复杂、更多元，具有更丰富的层次。新诗和读者的关系与西方现代诗也不一样。西方现代诗无论如何先锋，其社会现代性的先期发生已经为它准备了虽然为数不多但堪称精英的读者。中国新诗的读者完全要从无中创造出来，而这一过程迄今仍未完成。另外，新诗和西方现代诗的亲缘和冲突关系，也是西方诗歌本身不曾面临的一个面向。新诗似乎是学习西方的结果，但审美现代性的内部要求又促使它与西方诗歌疏离，构建自己的独特性。我认为，所有这些张力的叠加便构成了新诗现代性展开的独特场域。要判别新诗现代性是否面临终结，只要考察以上诸种张力是否已经失效便可了然。实际上，迄今为止，上述诸种张力依然在新诗写作和批评语境中显示着自己的有力存在。所以说，新诗现代性仍然是一个有待展开的过程，远没有到为它送终的时候。

那么，怎么看待当代诗歌中的后现代倾向？20世纪80年代中期以来在当代诗歌中出现的某种后现代性倾向，在我看来，并不是对新诗现代性终结的一种反应，而是对朦胧诗、第三代诗歌的一种对抗反应，是现代性自我背叛、自我敌对规则的最新应用，其减法原则仍然在现代主义的思路之内，"后现代"只是它向西方借来的一个名号，和当代诗歌中其他各色名号一样难以当真。所以，它不但不是新诗现代性终结的标志，恰恰是其依然有效的证明。

新诗现代性展开的特殊语境，说明新诗的现代性从一开始便不同于西方诗歌的现代性。可以说，新诗现代性的编码是双重的，它身上既有普遍的、西方的现代性编码，也有本地现代性的特殊编码。正是这两重编码的交织，构建了新诗现代性的独特面貌。徐江把1949年以前的新诗排除在现代诗之外，说到底是以西方现代性标准来衡量新诗的结果，源自他对新诗现代性的特殊性和复杂性的无视和缺乏洞察。西方现代性起源于一种转型了的时间意识。在中国也有类似的转型，但其意味与西方并不完全相同。由于中国文化中缺少强大的宗教和形而上学基因，所以我们很早就有一种基于个体生命焦虑的时间自觉。孔子说："逝者如斯夫。"李白说："光阴者，百代之过客。"这种时间意识反映在我们的诗歌中，使得它们宛然有了一种现代性。这也使得新诗和旧诗的关系变得更加复杂化，除了对抗之外，它们又有某种亲缘性。这种亲缘性反映在新月派的诗中，反映在卞之琳、何其芳、柏桦、张枣等优秀诗人的古典趣味中。"要绝对地现代"，兰波的口号在我们这里就难以找到持久的忠实信徒。外部现实中，前现代、现代、后现代的交织也反映在诗人的写作观念和写作实践中。骆一禾、海子这样的诗人，是浪漫主义的，现代的，还是后现代的？在一些批评者的眼中，他们是前现代的浪漫主义的诗人，但显而易见他们也是现代主义的产儿，在某些作品中，他们还表现出某些后现代的因素。从后现代的视角来看，骆一禾、海子对现代主义的反思，他们作品中的历史的在场，也可以说是后现代的。实际上，这种交织、复合、重叠正是新诗现代性的独特性的表现，强行把它们区分为前现代、现代、后现代，也许恰好漏掉了新诗现代性的根本属性。

当代诗的现实感与现实化问题

程一身

一

当代诗人似乎普遍面临着来自现实的压力——不是不现实，而是现实得不够。所谓"现实得不够"未必是作者的自觉，更是外界的判断，这与诗歌的被冷落存在着因果关系。就此而言，读者与作者之间的关系仍然是紧张的，但我并不倾向于让作者一味迎合读者，毕竟写作首要的是独立性。对作者来说，为自己写总比为他人写更有说服力。

事实上，当代诗对现实的反映不再像过去那样直接集中，流于表象了，而是以分散深入的形式融入字里行间。这种写作技术的进步不免让某些守旧的读者陷入失察的窘境，以至于以为当代诗不现实了。更重要的是，他们对现实持一种狭隘的理解以至不能深入捕捉诗中的现实感，这才是导致他们认为当代诗不现实的根本原因。在我看来，现实感是沟通作者和读者的桥梁。如果说创作是诗人从现实中获得现实感并把它转换成词语的过程，那么阅读就是读者通过词语把握诗人的现实感，从而认识诗中现实的过程。严格地说，任何一个读者都不可能在词语中看到现实，但他可以觉察其中的现实感，即诗人对特定现实的具体感受、复杂态度以及观念迁移，并因此形成赞美、讽刺、批判等不同的风格。

显而易见，现实感与现实的不同之处在于现实是客观的，现实感则是诗人对客观事物的主观感受。也就是说，现实感固然有其主观性，但它是由客观事物引发的。不同的事物自然会引发不同的现实感，就是同一个事物在不同的诗人中间也会引发不同的现实感，甚至同一个事物在不同的时刻也会引发同一个诗人不同的现实感。就此而言，现实感并非单纯的主观之物，而是主观与客观的综合体。如果说现实世界丰富多彩，那就可以说诗人的现实感变化无穷，因为有限的现实可以触发诗人无限的现实感。这正是诗多于物的一个原因。比如柳在不同的时刻触发了李商隐不同的现实感，他就可以写出以柳为题材的不同诗歌。

完全客观的诗并不存在，完全主观的诗尽管存在，但其中只有感，而不是现实感。大体而言，诗中的现实感可以分成三类：对自身的现实感、对他人的现实感、对物的现实感。诗是有"我"的艺术。无论什么事物，只要不和"我"建立有效的关系，就不能进入诗，更不能成其为诗。因此大多诗呈现的是"我"对自身的现实感，而那些局部细致入微、整体宏阔多变的诗可以提升为存在感，甚至囊括身世感等丰富的元素。值得提醒的是，写自身现实感的这类诗一般被称为抒情诗，而不是现实诗，其潜在逻辑是"我"太主观，因而认为此类诗不现实。本文有意扩展或纠正这种传统的认识，把抒情诗看成现实诗的一种，因为抒情诗是书写"我"对自身现实感的诗。对"我"来说，自身的现实就是身体，以及由身体完成的行动。尽管认识自身很难，特别是认识自己的心很难，但每个人对自身以及自身的行动都难免有所感有所思。这就构成了"我"对自身的现实感，并成为许多诗的主体部分。

在我看来，写自身现实感的当代诗存在的问题是"我"的膨胀化和抽象化。既然无"我"不成诗，但太"我"也不成诗，至多是狭隘的诗。在这类狭隘的诗中，"我"常常是孤立的，孤立于他人，孤立于尘世，任由"我"在诗的肌体里膨胀，不但不注重表达与他人心灵的叠合，而且有时刻意回避与他人的相通之处，追求一种仅为我有、他人皆无的独特性。而且这种独特性往往是抽象的，大多属于潜意识层面。写自身的现实感，却不能唤起读者的现实感，我认为这本身就是一种失败。就此而言，任何一首写自身现实感的成功之作都潜在地包含着"他/她"，包含着"他/她"对自身的现实感。当然，更多的时候，"我"生活在与他人的关系中，与他人的交往可以促成"我"的成长与变化，促成"我"对自身的认识和发现。因此，许多当代诗书写的是"我"与"他/她"的关系，属于关系诗，如亲情诗、爱情诗、友情诗，以及"我"与陌生人的关系诗等。"我"与陌生人的关系诗是个临时性的说法，我觉得它在当代诗中意义重大，因为它不局限在家庭范围内，也不是亲密和谐的人际关系，而是以整个社会为背景，对应着更复杂的人际关系。当代社会交往频繁，既有直接的商品关系、服务关系，也有临时性的共处，乘车就餐观剧，如此等等。和亲情诗爱情诗友情诗相比，"我"与陌生人的关系诗似乎更能揭示当代的社会状况与时代精神。游手好闲者波德莱尔在街头看到一个穿白衣的陌生女子，便在《致一位过路的女子》中写下了对她的情欲。由于彼此是陌生人，关系随生随灭，不能持久深入，要写好这类诗，全靠诗人对现实的认真观察和深入提炼，并把它熔铸为整体的现实感。本文不具体分析"你"，因为"你"其实是亲密的"他/她"。不过，值得注意的是，有些当代诗中的"你"并非另一个人，而是"我"或另一个"我"，这时的"你"出自"我"对自身的旁观。在某种程度上，这类写作实质上是诗人对自我的审视。

相对来说，写对他人的现实感分明具有题材的优势，似乎这是更响应现实主义呼声的举动。毫不夸张地说，传统意义上的现实诗就是写他人的诗，似乎只有写他人才配得上称为现实诗。近期，尤其是从汶川地震以来，国内涌现了许多应时之作，但好诗很少。其中的问题值得深思。如果写他人不是出于内心情感的驱动，而是迎合式的表白，或试图成为集体大合唱中的一员，那就很可疑。值得注意的是，写他人这类诗之所以倍受青睐，往往因为所写对象是社会热点，可以构成写作的重大题材。事实上，大诗人更注重写自身日常的现实生活，对身边的现实进行细腻的呈现和深入的挖掘，并因此成就了他们的伟大。拉金、希尼、沃尔科特无不如此。

单从写作对象来说，写他人易，写好却难。因为他人毕竟是不同于"我"的另一个人，写好"他"比写好"我"更难。这就导致不少写他人的当代诗写出的都是对他人之感，而不是他人的现实感，是一厢情愿地代他人立言。在我看来，写好他人的关键是转化，向"我"转化，和"我"建立联系。其基本要求是亲历、见证和沉浸。亲历的重要性在于它可以保证现实感，使感直接源于现实，最大限度地消弭现实与感之间的空隙。从电视或电脑上看到的相关画面尽管也能使人感慨，甚至震动，但那种现实毕竟是间接的、破碎的、瞬间的。很显然，这类现实诗的作者大多是凭想象力完成的，但在现实感的生成方面，想象力只能催生感，却很难生成现实，更不能保证现实的细节、丰满与立体效果。由此可见，对于写他人的诗来说，亲历往往不可或缺。即使不能亲历，至少也应做个见证者，保证自身的在场，以及对现场的整体感知和长期沉浸，只有这样才能充分把握现实，写好现实，保证使感受从现实中出。沉浸的意义在于，它能为"我"理解他人以及他人的现实提供时间上的保证，只有经历一定的时间，才能促成"我"与他人的身体接触与精神融合。就此而言，如果写他人，应把亲历或见证作为基本的写作伦理。只有这样，才可能把他人写好。

由前所述，写好他人贵在转化，把"他"转化为"我"。至于转化的方法，此前的大诗人已树立了范例。从即事名篇"三吏"、"三别"来看，杜甫成功的秘密在于和他人建立了有效的联系，或以观察者和对话者的身份介入其中，或设身处地深入对方的内心世界，化身为他人，使"他"成为另一个"我"。正如张枣说的，"一个表达别人，如同是在表达自己的人，是诗人。"或相对客观地描述对方，尽管这样，诗中仍会渗透"我"对他的现实感。因此，诗人写出的他人往往是和自己重叠的一面，至少是认同的一面。一切诗歌都是诗人的精神自传，是诗人"为自己绘制的肖像"（布罗茨基语）。一个显著的例子是，从杜甫写的曹霸里不难看出杜甫本人的精神气质。与此相似的是，爱尔兰诗人叶芝的面具理论也是用"他"写"我"。但面具写作的驱动力并非对他人的同情，而是掩饰自我的一种手段，甚至可以说体现出自我分裂的倾向。总体而言，写他人也得有"我"，无"我"不成诗，这对写他人现实感的作品同样成立。

写物的现实诗似乎已经成了当代诗的一个次要门类，其实这可能是一种假相。且不说人也是物的一种，人离了他人无法生存，离了物同样无法生存。诗人都是敏感的，敏感于人，也敏感于物。咏物诗的传统固然已经削弱，但物仍然是当代诗人的一种现实，而不是纯粹的象征体。对诗人来说，即使有象征性的物，首先也是一种现实。物给人的不只是精神的启示，更是客观的存在，这是物与人之间两种基本的现实关系。人生在世，就是和人与物建立持续的联系。所以物和人一样，也是一种现实，存在于时间中的现实，有地域特征的现实，千差万别的现实。但在现实生活中，经常和人发生关系的物并不太多：食物、衣物、房屋、器物、景物，如此等等。在特定情况下，气候风物也会成为人的一种现实，处于伤风、听雨、沐日、赏月等不同现实中的诗人自然会有不同的现实感。

物有自明的一面，但也有神秘的一面。事实上，物的未知部分对诗人更有吸引力。在某种程度上，世界的复杂奇妙在于人与物时常相处却对物不明就里。这会给诗人带来一种亲密的陌生感。这种亲密的陌生感更体现在人与人之间，可以说他人身体的神秘简直不可穷尽。更奇妙的是，人对自身也有神秘感，对自身的生老病死往往混沌莫辨，难以掌控。神秘感显然也是一种现实感，它是由未知物或物的未知部分引发的感受。王国维在《人间词话》里把诗分成"有我之境"和"无我之境"，所谓"境"其实就是物的汇合。所谓"无我之境"并非诗中无"我"，而是"我"隐匿于众物之中，充当物的旁观者。王维的《辋川》组诗可为代表。诗中众多的自然物对诗人来说都是不无神秘性的现实，它们被诗人呈现出来，但其生灭流变却不易解释。也就是说，王维诗中的自然物表面上清晰可见，实质上却神秘莫测，而这正是他对自然物的现实感。

随着人类文明的发展，越来越多的人居住在城市，人造物也越来越多，在很多人的生活里，已几乎看不到自然物的影子。我无意说人造物不好，它们的确给当代人带来了许多便利和快乐，也越来越多地出现在当代诗中，并改变了诗的传统，以自然物为主体的美丽意境已不复存在，越来越多的人造物穿梭于当代诗中。既然人造物驱逐自然物已成为现实，它们也就更多地促成了当代诗人的现实感。在我看来，人造物进入当代诗增强了诗的真实性，却抑制了诗的审美效果。从根本上说，这是因为人造物是发明之物，可以拆解组合，有机关却无秘密，更主要的是，它可以无限复制。人造物的这些特点对当代诗带来了不利影响，它倾向于使当代诗也变得没有秘密，可以随便发明，无限复制。

事实上，当代诗中的现实感并非可以区分得如此清楚。在许多当代诗中，"我"、"他/她"、物都是并存的，它们之间会形成诸多复杂的关系。最基本的是"我"与"他（们）"的关系，"我"与物的关系，"他"与物的关系（处于"我"的隐身式旁观中），以及"我"与"他"与"物"的关系。

二

我用"现实化"这个词是为了与"现实感"对应，或者把它视为"现实感"的实现方式。简单地说，"现实化"就是诗人将"现实"转化为词语的过程。这应该比单纯地说诗歌写作更准确，至少对本论题来说更有针对性。关于"现实化"，当代诗人提出的主要问题是有效写作、难度写作、次要写作和草稿写作这么几个。这些问题的提出表明他们不仅在写作，而且在反思写作，或者说他们已经不再满足写作，而是考虑如何把诗写好，写得好过别人，也好过以前的自己，甚至好过诗歌史上的那些大诗人。

我不知道有效写作是否可以追溯到欧阳江河的宏文《1989年后国内诗歌写作：本土气质、中年特征与知识分子身份》（1993年），其中有这样的句子："1989年是个非常特殊的年代，属于那种加了着重号的、可以从事实和时间中脱离出来单独存在的象征性时间。对我们这一代诗人的写作来说，1989年并非从头开始，但似乎比从头开始还要困难。一个主要的结果是，在我们已经写出和正在写的作品之间产生了一种深刻的中断。诗歌写作的某个阶段已大致结束了。许多作品失效了。"这里的"失效"意味着起初是有效的，但到1989年后却无效了。无效是对已经变化了的现实不再有用了。接下来文中便出现了"有效的写作"这个词："诗歌中的现实感如果不是在更为广阔的精神视野和历史参照中确立起来的，就有可能是急躁的，时过境迁的。苏联政体崩溃后，那些靠地下写作维持幻觉的作家的困境是值得深思的。我认为，真正有效的写作应该能够经得起在不同的话语系统（包括政治话题系统）中被重读和改写，就像巴赫的作品既能经得起古尔德的重新发明，又能在安德列斯·希夫（Andras Schiff）带有恢复原貌意图的正统演绎中保持其魅力。当然，我们离经典写作还相去甚远，但正如孙文波在一篇短文中所说：'没有朝向经典诗歌的产生的努力，诗最终是没有意义的。'"也许这是"有效写作"的最初提法，而且文中把它和经典写作放在一起，意味着有效写作是经典写作的起点，经典写作则是有效写作的终极目标。

有效写作的提出显然和影响的焦虑有关。事实上，写作的有效或无效是个相对的问题，或者说有效是绝对的，无效是相对的。这既涉及到欧阳江河所说的诗歌在时间中的变化，也涉及到不同诗人之间的相互比较。苛刻地说，在孟郊之后再写母爱很容易失效，因为题材相同却很难写得比他好。但这种失效仅仅是对读者或诗歌史而言的，对作者来说却是有效的，因为他用自己的语言表达了母爱，这是孟郊的《游子吟》无法替代的。事实上，文学史是个累积叠加的过程，所谓一代人有一代人的文学。即使一代人没有形成一代人的文学，也会有一代人的表达。他们并不因为前人已经写过，而且写得好就停笔不写。正如鲁迅所说的，"好诗到唐朝已经做完"，但后人仍在写。就此而言，很多诗都属于无效写作，尤其是和李白杜甫这些大诗人的作品相比。但非李白杜甫的写作自有它们的意义。他们的写作虽然相对来说是次要的，但如果他们写出了大诗人没有写出的东西，自然也是不可替代的，换句话说，他们的写作也是有效的。当然，诗人都渴望获得认同，即使像孟浩然那样的隐士也不例外。在我看来，诗人最根本的焦虑是生前不为人知，死后被人遗忘。也许这样的写作才是真正无效的，因为它压根没有进入读者的视野和交流的系统。不过，随着科技文明的发展，文化保存的功能日趋完善，这在一定程度上缓解了诗人对消失的恐惧。可以说，网页坚如磐石，即使写下的是只言片语，只要不被病毒攻击，它可能永存于世。这就等于延长了无名诗人的诗歌寿命，如果他确实写得好，应该会遇到喜欢他的读者和研究者，从而进入有效写作之列。

有效写作显然有功利性的一面。它体现了提出者和坚持者超越前人的雄心，以及进入文学史的意图。对于没有这些考虑的业余作者来说，有效写作几乎是个不存在的问题。用有效写作来衡量陶渊明那样的隐士，他当时写的那些不入时的田园诗自然是无效的，但后人终于肯定了他，不能因此说他的诗又有效起来了吧。事实上，有效写作的提出和写作的专业化也有一定关系，古人做诗大多是业余性的，出于表达感情的需要；一旦把它当成专门的职业去做，焦虑就来了：要写好，要超越，要有效。

和有效写作不同，难度写作似乎是个孤立的词，很难找到一个和它相反的说法，比较接近的也许是"口水写作"或"垃圾写作"？"难度写作"是诗人马永波在2002年提出的一个诗歌创作主张，他强调"文学对现实的批判力量，以及诗歌作为人类精神明灯的指引和提升力量"，以"倡导健康向上的精神高度、思想深度与经验广度的整体性写作"。很显然，难度写作与有效写作存在着内在的联系，可以说坚持难度写作就是为了让写作更有效：现在有效，在一个长时段里有效，甚至永远有效。就此而言，难度写作是对有效写作的强化。难度写作的实践者一般是学养丰厚、志向高远的写作者，他们往往具有学院背景、精英意识或知识分子身份。"我写东西很慢，仔细得有些病态，近二十年只写了四十三首诗，包括三首组诗。也许是因为找调式使我不愿轻易动笔，但很奇怪，我感觉是我天天都在写，忙得很。"（黄灿然《访谈张枣》）也许这就是难度写作者的普遍状态？

在我看来，难度写作的实践者所说的难度主要是技术难度，即如何在表达上超越前贤，不同于他人，也不重复自己，这种写作是以与自己为难的方式和古往今来的写作者，尤其是自己心目中的大诗人展开的竞技活动。从诗歌史来看，难度写作的出现具有必然性，是后来不甘平庸的写作者树立自我的积极方式；从客观效果来说，难度写作可以提升诗歌的表达技术和作品质量。可我觉得它是写作的异化，并疑心难度写作者在写作过程中是否会沉迷于怎么写好，而忽视写什么的问题。因为写什么对应着诗人的现实感，一首诗是否伟大或优异，首先取决于其现实感，即对现实把握的程度，然后才是对现实感的技术表达和词语转换。从这个角度来说，难度写作似有片面推进写作的嫌疑，在诗史上应属于写作上的技术派。

基于以上分析，我倾向于提出"次要写作"这个词。众所周知，艾略特写过一篇《什么是次要诗歌？》（1944年）。在该文中，他结合自己的阅读经验谈到不少有影响力和独创性的次要诗人，而且他们与主要诗人之间并无截然的界线。在如今这个无限分裂的时代里，造就大诗人的条件似乎已不完备。评估自己的实际才能，摆脱影响的焦虑，保持感受的充盈灵动，甘于将自己的写作定位于次要写作，致力于写出自身和世界相遇时的现实感，做一个不可替代的实力诗人，这应该是个明智的选择。正如张枣所说的："我要写的必须是独特的，原创的，不可取代的；我的声音只有我本人能够发出，这不正是一条美妙的人文主义原则吗？它使人执着于独辟蹊径，同时又胸怀正气，不刁钻古怪，不入旁门左道……"（黄灿然《访谈张枣》）事实上做到一点也非易事。布罗茨基曾感叹自己是"一个二流时代的忠实臣民"（《我坐在窗前》），言下之意，他也是个二流诗人。做一个次要诗人，这或许是众多当代诗人的宿命，如果不甘过于次要，尚需不断努力。

和有效写作与难度写作相比，草稿写作可能更接近当代诗写作的普遍现实。2013年年底，孙文波在一次诗歌讨论会上提出许多当代诗看上去都是草稿，未完成的半成品。我对这个提法深有同感。当代诗给人一种草稿感，我想主要有两方面的原因。从诗的形体来看，古诗体制严整，韵律流畅，并形成了一套可验证的基本规则，诸如整齐、对仗、平仄等。作品是否已经完成，从形式上就可以判断出来；而当代诗就不行，在形体上毫无体制可言：诗行忽长忽短，随意跨行分行，诗行可合并可拆分，而且多一行少一行似乎都无关紧要。从词语运用来看，古诗中的词语既服从特定的形体，又呼应全诗的韵律，而且惊人的凝练，一首诗就是一个密不可分的美丽整体；而当代诗中的词语大多是松散的，几乎没有组织，也无章可循。这样的东西看上去怎么都觉得是半成品。要改变草稿写作的现状，必须加强诗的形体建设，一方面可以注重分节，两行一节、三行一节、四行一节，如此等等；另一方面要注意节奏，在保证内在韵律的基础上尽量让诗行彼此均衡。

在我看来，草稿写作的出现不是偶然的，它和网络写作的关系需要警惕。网络写作出现以后，诗歌写作的草稿化程度分明更加严重。网络写作的德性是随意自由，即使写了错别字也不修改，是典型的一次性写作，值得注意的是，网络写作还生成了富于活力但混杂放荡的网络语言。随着网络写作的出现，临屏写诗取代了即席赋诗的传统，可谓当代的诗歌行为艺术，但由于当代诗未形成特定的体制，也没有相应的训练，临屏写诗又不屑修改，靠这种方式写出来的东西只能算草稿。就此而言，当代诗人必须克服网络写作的负作用，以及由网络造成的浮躁心理。诗是推敲的艺术，或者说，不改不成诗，这也是一个原则。

"现实化"是个艰难的过程，以上不同的写作观念都是在发现问题之后提出的，其中无不包含着改善写作的可能。一个不可否认的现实是，生活得越靠后，写作变得越艰难。"古今不薄，中西双修"（张枣语），这是诗歌写作对当代诗人提出的内在要求。如果说一切历史都是当代史，就可以说一切当代诗都是传统诗。因为审视历史难以消除当代视角，创新诗歌无法抛开传统资源。就此而言，当代诗是负担最重的，因为其中汇聚着越来越庞大的传统。对于传统，当代诗人不得不采取借重与回避的双重态度。借重的当然是写法，诸如修辞技术之类；回避的是题材，尤其是对同类题材的重复表达。这就要求当代诗人必须在把握诗歌传统的基础上进行诗歌写作。换句话说，当代诗写作必须在对当代现实的书写中实现对诗歌传统的改写，之所以是改写，而不是重写或续写，是因为当代诗必然是融传统与现实为一体的诗。诗歌传统与当代现实的相遇必然使传统得到现实的改写，现实也因此成为有根基的当代现实。从"现实感"到"现实化"的这个简要讨论，可以视为对当代诗写作的全面描述。其中的问题都是与当代诗的发展共生的问题，解决这些问题就意味着当代诗的些微进步。

张见：自由落体　90cmx47cm　绢本　2006

译 介 Translation

张见：蓝色假期之三　70cmx50cm　绢本　2014

兹比格涅夫·赫伯特诗选（12首）

夏　超　译

踌躇的胜利女神

胜利女神最美的时刻
是她踌躇的瞬间
她的右手美丽如一个号令
停在空中
但她的双翅在颤抖

因为她看到
一个孤独的青年
沿着战车长长的辙迹
步履艰难
走在灰暗的路上，灰暗的风景中
岩石嶙峋，刺柏丛稀疏

那青年不久将死去
此刻，承载他命运的天平
急速倾斜
坠向地面

胜利女神多么想
走上前去

亲吻他的前额

但是她害怕
从未知晓
爱抚的甜蜜的他
若体验到了
可能会像其他人一样
从战斗中逃离

如此胜利女神踌躇了
最后她决定
保持雕刻家
塑造她的姿势
为那情绪的突涌而深深羞愧

她知道
在明天的黎明
那青年会被人找到
胸膛开裂
双眼紧闭
在麻木的舌下
含着一枚耀眼的祖国的银币

代达罗斯和伊卡洛斯

代达罗斯说：
继续我的儿，记住你在走而不是飞
翅膀仅是装饰，你在草地上行走
那阵暖风是夏季温和的土地
而那寒风仅是奔涌的溪流
天空遍布落叶和幼小的动物

伊卡洛斯说：
我的双眼像石头垂直地落回地面

它们看见农民翻开厚实的泥土
一条蠕虫扭动在犁沟中
一条坏蠕虫啃咬植物的细根

    代达罗斯说：
我的儿那不是真的，宇宙是纯粹的光
大地是一道阴影；看光色在这里嬉戏
尘埃从海上飞起，雾气升入天空
此时，彩虹从最高贵的原子中形成

    伊卡洛斯说：
父亲我的手臂因在空虚中拍击而疼痛
我麻木的双脚渴望松针和坚硬的岩石
我无法像你那样看着太阳，父亲
我完全沉迷于土地的黑色光线

    结局的描述：
现在伊卡洛斯头朝下地跌落
他最后看见一个孩子的脚踝
正在被贪婪的大海吞没
上方，他父亲哭喊一个名字
它不再属于一个脖子或头颅
仅仅属于一段回忆

    评注：
他这么年轻而不懂翅膀仅是一个隐喻
一点蜡、羽毛和对万有引力定律的轻蔑
它们不能将身体支撑在高处
而关键的是我们的心
被沉重的血驱动
却应充满空气
这正是伊卡洛斯不能接受的

让我们祈祷吧

生物老师

我无法记起
他的脸

他比我高很多
长腿伸展
我看见
一条金链
一件灰色背心
一段细瘦的脖子
一只死的领结蝴蝶
钉在上面

他第一次向我们展示
一只死青蛙的腿
用针刺
它剧烈收缩

他带我们
透过双目显微镜
观看我们的祖先
草履虫的
私人生活

他带来
一粒黑麦子
说：麦角病

在他的坚持下
十岁时
我成为一位父亲
紧张的等待后
当沉底的栗子

发出黄芽
周围的一切
欢歌雀跃

战争的第二年
我们的生物老师
被历史运动场的暴徒杀害

如果他进了天堂——

或许现在他沿着
漫长的光线散步
穿灰色长袜
扛一张巨网
夹着大盒子
快乐地敲击

但如果他没升天——

有次在夏天的路上
我看到一只甲虫
在沙堆上艰难攀爬
我走上前
鞠个躬
然后说：
——先生好
允许我来帮帮你——

我小心地移过他
看他走远
直到他消失
在他昏暗的办公室
在落叶纷纷的林荫道尽头

玫瑰色耳朵

我以为
我很熟悉她
我们已共同生活这么多年

我熟悉
她小鸟般的头
洁白的手臂
和腹部

直到有一次
一个冬夜里
她坐在我身边
在从我们身后
倾泻的灯光里
我看见一只玫瑰色耳朵

一瓣可爱的皮肤
耳廓里
血液在流淌

当时我什么也没说

能写一首关于
玫瑰色耳朵的诗该有多好
但不要写得让人们说
他竟然选这样的标题
他想故弄玄虚

写得甚至没人会笑
写得他们能明白我在公开
一个秘密

当时我什么也没说

但那天夜里我们一起躺在床上
我轻柔地尝试了
一只玫瑰色耳朵
奇异的味道

来自天堂的报告

天堂里一周工作三十小时
工资高涨，物价平稳下降
体力劳动并不累人（因重力减小）
伐树不比打字更艰难
社会制度稳定，统治者英明
真的，人在天堂比在任何国家更富有

最初这里就已经独特
光环，唱诗班，抽象程度
但是他们不能把灵魂从血肉中
完全分开，所以灵魂带着
微量脂肪和一丝肌肉进入天堂
难以避免面对如此结果：
绝对和泥土一起混杂
还有一处对教旨的背离，最后的背离
只有约翰预见：你们将复活于肉体

没多少人见过上帝
他只向灵魂纯净的人显现
其余人倾听关于奇迹和洪水的公报
有一天上帝会被所有人目睹尊容
那天何时到来，无人知晓

像现在，每周六的正午
汽笛轻柔地鸣响

从工厂里走出天堂的无产者
腋下笨拙地夹着翅膀，像一把把小提琴

卵　石

卵石
是一种完美的生物
能胜任自身
知晓自己的极限

精确地充满
一份卵石的意义

带有一股气息不会让人想起任何东西
不会吓走任何东西不会激起欲望

它的热情和冷漠
合理而充满尊严

我感动深沉的内疚
当我把它握在手中
它高贵的身体
被虚假的暖意渗透

　　　——卵石们不会被驯服
　　最后它们将注视我们
　　用平静而非常清澈的目光

科吉托先生的使节

跟随前人的脚步去往黑暗的边际
寻找虚无的金羊毛作为最后的奖励

请在那卑躬屈膝的人中挺直腰身
那背身而去的人那跌入尘土的人

你已幸存并不意味你能生活
你时日无多你定要提供证词

充满勇气当理智辜负你请充满勇气
在最后的审判上只有它有意义

还有你绝望的愤怒——让它澎湃如海
当你听到被侮辱者和被践踏者的呼喊

愿你不要抛弃你的傲骨当你面对
告密者刽子手和懦夫——若他们胜利
会宽慰地来到你的葬礼上抛一把土
一只蛀虫将书写你空白干净的一生

不要真正地宽恕这不是你所能及的
以黎明时被背叛者的名义宽恕

但要谨防过分的骄傲
对镜审视你傻子般的脸
反复说：我被号召——不是没人比我优秀

谨防心灵的枯竭要爱清晨的泉水
无名的飞鸟 冬天的橡树
墙上的光焰 天空的霞辉
它们不需要你温暖的呼吸
只为说：无人将会安慰你

保持警惕——当山光亮起——起身出发
只要血在奔流只要黑暗之星还在胸间

重复人类古老的咒语神话和传说
这样你将获得难以企及的正义

重复伟大的话语固执地去重复
像那些穿越沙漠而丧身的人

为此人们或许会回报你 以手边之物
或以嘲笑的鞭笞或以垃圾堆上的杀害

前行吧只有如此你才能进入逝者的行列
你先辈的行列：吉尔伽美什 赫克托耳 罗兰
那些无疆之国和灰烬之城的守护者

忠诚地前行吧

科吉托先生的深渊

家里总是安全的

但刚刚越过门口
当科吉托先生外出
清晨散步
他遇到——深渊

这不是帕斯卡的深渊
这不是陀思妥耶夫斯基的深渊
这深渊的尺寸
正适合科吉托先生

深不可测的日子
恐惧焦虑的日子

它像影子跟随他
在面包店前等待
在公园它读报纸
在科吉托先生的肩上

恼人如湿疹
忠诚如狗
浅得不够吞没
他的头手臂和腿

或许一天
深渊将膨胀
深渊将成熟
非同小可

真希望他知道
它喝什么水
用什么谷物喂它

现在
科吉托先生
可以抓起
几把沙子
填平它
但他没有

所以
当他回家
他把深渊留在
门口
用一小块旧布
谨慎盖上它

科吉托先生论道德

1
无疑
她不是现实之人的

合适的新娘

平民
政治掮客
专制者

长久以来她已潜入
啜泣的老姑娘之中
戴着丑陋的救世军的帽子
回想他们

从阁楼里拖出
苏格拉底的雕像
生面团做的十字架
古老的话语

——在周围光荣的生活陷入骚乱
血腥如黎明时的屠宰场

她几乎可以睡进
存放天真的纪念品的
小巧银盒中

她在逐渐变小
像喉咙里的发丝
像耳朵里的嗡鸣

2
我的上帝
如果她仅仅更年轻些
更漂亮些
紧随时代的精神
跟着最新的音乐的节拍
摇屁股

然后或许现实之人
将开始迷恋她
平民政治掮客专制者

如果她好好保养自己
会看上去风韵犹存
像丽兹·泰勒
或胜利女神

但是她散发
一股樟脑丸的味道
她缩拢嘴唇
重复伟大的——不

难以忍受而固执
稻草人般可笑
像无政府主义者的梦
像圣徒们的生命

母　鸡

　　长期和人类生活会导致什么，母鸡是最佳范例。她彻底丧失了鸟的轻盈和优雅。她的尾巴在撅起的屁股上翘着，像一顶品味差的过大的帽子。单腿而立，薄薄的眼皮粘闭圆瞪的眼珠，她这少有的忘我境界真是令人恶心。另外，那滑稽的模仿小曲，扯破嗓子的哀求，为了一个令人无语的可笑的东西：一个圆的、白的、脏污的蛋，母鸡让人想起某些诗人。

一个魔鬼

　　作为魔鬼，他是个彻底的失败者。甚至还有他的尾巴。不是又长又粗而末端长满毛发的尾巴，而是又短又软，像兔子尾巴滑稽地露出来。他皮肤粉红，在左肩胛骨下有一块达克特金币大小的斑痕。但最糟的是他的角。它们不像其他魔鬼的那样向外生长，而是向内，朝向脑子。这就是他常常遭受头疼的原因。

他很悲伤。他一连睡上几天。善恶都无法吸引他。当他沿街走着，你能清楚地看见他肺叶的玫瑰色翅膀在扇动。

科吉托先生想象地狱

地狱的最后一层。和流行看法相反，这里没有暴君、弑母者或是想吞食别人血肉的人。它是艺术家的隐居处，满是镜子、乐器和绘画。乍看上去它是最舒服的地狱部门，免于焦油、火焰或肉体折磨。

一年到头这里举办着竞赛、庆典和音乐会。这里没有高峰时节。高峰持久而几乎不受限制。每两三个月就形成新的运动，而且看上去没有什么能阻止先锋派胜利的步伐。

魔王是艺术爱好者。他鼓吹他的合唱团、诗人和画家就要超过天堂里的了。哪里有更好的艺术，哪里就有更好的政府——这显而易见。很快他们将可以在两个世界的节日中一较高低了。那时我们会看到但丁、弗拉•安吉利科和巴赫保留着什么。

魔王支持艺术。他给他的艺术家们保证了宁静、健康的饮食和对地狱生活的完全隔离。

赫伯特：思考作为一种反抗

夏 超

诗歌的现代化在法国发端，随后迅速波及英语世界，并发展得异彩纷呈。在庞德、艾略特、叶芝等人的巨大影响下，现代诗歌似乎呈现出一套既定模式，有待于后来者对其传承和更新。当然，随后的确涌现了一些极为优秀的诗人，比如奥登、阿什贝利、拉金等。而不同国家和地区处于迥然相异的社会环境之中，一套写作模式、一种诗歌语言或许将难以适用，那些富有抱负的写作者必须突破此困境。在20世纪中后叶，东欧国家先是遭受二战带来的巨大灾难，随后又陷入红色极权统治的泥沼之中。面对如此复杂而艰难的时代，东欧诗人们创造出了不同于英美诗歌的言说方式，拓展了诗歌表达的边际，对自己的历史做出了有力回应。

我们在国内已经译介的作品中很容易发现米沃什、辛波丝卡的身影，这与他们荣获诺贝尔文学奖有直接关系。近年来，罗马尼亚诗歌也开始面目清晰，《罗马尼亚当代抒情诗选》及索雷斯库诗选《水的空白》已经出版，并获得不少读者的喜爱。但仍有一些极为重要的诗人只能在诗歌选集中被零散地读到，比如捷克诗人米洛斯拉夫·赫鲁伯、塞尔维亚诗人瓦斯科·波帕，还有波兰诗人赫伯特。

兹比格涅夫·赫伯特于1924年生于利沃夫，1998年病逝。他的家族来自英国，辗转奥地利后定居在波兰。他在战争期间完成了中学教育，在大学期间学习经济学和法学，后又学习过哲学。赫伯特曾参加过反法西斯的地下抵抗运动，但具体的经历并不为人知晓。1941年，纳粹接管了之前被苏联占领的利沃夫。这座城市战后又被并入苏联领土，但这没有为众多青年带来希望。

因非共产党员的身份，他们的抵抗运动被苏联当局理解为与波兰流亡政府有过密联系。部分人反而因此被判刑，甚至遇害。在这段政治气氛极其敏感的时期，赫伯特离开了家乡，在多地辗转生活。很长一段时间，他独自住在华沙郊外，穷苦度日，做过许多劳累的底层工作，甚至一度卖血为生。他没有出版诗集的机会，只是在一些文学刊物上零星发表了作品。

1956年，波兰国内的政治形势开始好转，赫伯特出版了第一本诗集《光的和弦》，赢得强烈的赞誉，并获得了一份资助。他对艺术史有着巨大热情，在得到资助后便动身前往欧洲各国，用一年多的时间游历了奥地利、法国、意大利和英国，参观各地的博物馆、艺术馆。后来，他在散文集《花园里的野蛮人》一书讲述了他的见闻。这些经历和对古典资源的倾心让赫伯特找到了自己最重要的诗歌素材。他的许多诗均以欧洲文艺作品中的形象展开，比如希腊罗马神话、莎士比亚的戏剧、雕塑和绘画大师等等。乍看上去，这些诗作仿佛是落满灰尘的过时之物，应该放置于图书馆、博物馆沉闷的黑暗之中。但是，赫伯特不是一位简单转述文艺经典的知识贩子，他以鲜活的想象力、天真的童心复活了这些形象。他们抖落满身的时光碎片，重新站在赫伯特所处的时代之中。因此，这些诗歌承接着伟大的欧洲文明传统，又在援引中展现出对现实的介入性。正是因为赫伯特经历着战争和极权统治的恐惧，体验着底层人民的悲苦生活，他必须要对那来自历史深处的罪恶和不公做出坚决的回应。如此迫切，他并没有选择现代主义诗歌中那晦涩的隐喻之网。虽然赫伯特内心饱含着对更好秩序的期许，但他足够清醒，没有把语言发酵成一声声歇斯底里的呐喊。他从古代大师们那里深深地习得了，他要真正反抗的是来自人类深处的恶。因此，他对现实的抗争采取了更加冷静而克制的书写。一种略显松散但富有智性的叙述风格被赫伯特熟练掌握，其间夹杂着反讽和幽默，让诗作获得更广阔的意义空间。这便使得他的反抗之诗没有沦为一种革命口号式的粗浅之物。

除此之外，赫伯特还用另一种更加迂回的方式讽喻现实。他写下不少关于"物"的诗作。例如《卵石》一诗，卵石在赫伯特的诉说中是一种完满之物，自知而富于意义，不惊动也不诱惑他物，充满尊严，难以驯服。这与人在变动的历史环境中的所作所为恰恰相反。他欣赏"物"的恒常性，厌恶那寄居在人类灵魂深处的恶。当然，赫伯特还有许多诗作直接来自现实生活。家人、朋友、街上的陌生人取代了那些文艺经典中的历史形象。在这些作品中，他用细微而敏锐的洞察力打量着琐碎的俗世生活，从中寻找隐秘的哀愁和细腻的感动。所以，在一个富有英雄色彩的革命者形象之外，赫伯特还展示出作为一个普通人在酸甜苦辣中的喜怒哀乐。

　　说到人物形象，赫伯特在诗歌中也虚构了一个极具特色的文学形象：科吉托先生，或译为我思先生（Mr. Cogito）。这名字源自笛卡尔的哲言"Cogito Ergo Sum"（我思故我在）。在相关的几十首诗中，科吉托先生有着诸多性格，但整体来说是一位略显孤僻、刻板的知识分子，对旧世界充满怀乡病，在现实生活中困顿无依，反复思考关于生存现实、抽象世界的各种问题，甚至被自己的思考所累。这些思考有时就是赫伯特的发声，有时则完全不同，但都算是赫伯特所认同的。科吉托先生凭借他习得的古代智慧面对其身处的丧失价值观的世界。这在赫伯特的理解中，不是一种因循守旧，而是更为深邃的抵抗。在他看来，思考是认识世界、反抗权威的方式，这也是他从欧洲文明中所继承下来的最大遗产。

图书在版编目（CIP）数据

诗建设. 21 / 泉子 主编. -- 北京：作家出版社，2016. 5
ISBN 978-7-5063-8940-2

Ⅰ. ①诗… Ⅱ. ①泉… Ⅲ. ①诗集－中国－当代
Ⅳ. ①I227

中国版本图书馆CIP数据核字（2016）第105949号

诗建设. 21

主　　编：泉　子
副 主 编：江　离　胡　人　飞　廉
责任编辑：贺　平　江小燕
美术编辑：曹全弘
封面设计：张甜甜　天可人
装帧设计：张忠明
出版发行：作家出版社
社　　址：北京农展馆南里10号　　　　邮　　编：100125
电话传真：86-10-65930756（出版发行部）
　　　　　86-10-65004079（总编室）
　　　　　86-10-65015116（邮购部）
E-mail:zuojia@zuojia.net.cn
http://www.haozuojia.com（作家在线）
印　　刷：三河市华业印务有限公司
成品尺寸：170×240
字　　数：210千
印　　张：14.75
版　　次：2016年5月第1版
印　　次：2016年5月第1次印刷
ISBN 978-7-5063-8940-2
定　　价：25.00元